巷の美食家

美食文化論

スパイは食いしん坊

この分野でスリラーを書く技術についてわたしがした貢献は、諸君のどこもかしこも、それこそ味蕾(みらい)に至るまで、一切を刺激しようと努めたことである。たとえば、わたしにはどうしてもわからないことだが、どうして本の中の人物たちは、あんなにもあっさりした貧弱な食事をしなければならないのだろうか。イギリスの小説の主人公たちはお茶とビールだけで生きているように思えるし、その連中がたっぷりした食事をとる時には、それがどんな内容なのか、ついぞ聞かされたことがない。

007の生みの親のイアン・フレミングはスパイ小説の書き方についてのエッセイを書き、そのなかでこう呟(つぶや)いている。まことに適切な指摘である。マンガじみたスパイ小説だろうと純文学だろうと、これは共通の現象であるが、イギリスの小説だけについていえることではなくて、古今東西の文学についていえることだろう。この傾向は時代を追うにつれて激しくなり、濃くなり、顕著になるようである。それが作品そのものを栄養失調にさせる重大原因の一つではあるまいかと思えるが、これは今迄の回で指摘しておいた。しかし、ここでもう一度、繰りかえしておくのである。

フレミングのこのエッセイは楽屋裏を語っていてなかなか面白いのだが、ダンナ自身は美食家でもないし、通ぶるのも嫌いなのだそうである。自分としては炒り卵が好きなのだそうで、これは作品のなかでよくミスター・ジェイムズ・ボンドの食卓に登場する。たいてい一日の始りの朝の食事である。細菌狂や黄金狂の悪玉を相手に命がけの荒業を挑まなければならない一日を炒り卵でスタートさせるというのは対照の妙があって笑わせられるが、ちょっとシンミリさせる効果もあるようだ。ところがダンナはつい熱中するあまり、『死ぬのは奴らだ』で何度も何度もボンドに炒り卵を食わせたところ、出版社から忠告がきたという。つまりこうしばしば炒り卵を食べるようだと、ボンドが尾行された場合、尾行者はレストランに入って、ここに炒り卵を食べる男がこなかったかとたずねさえすればよいことになって、たちまち一巻の終りである。ナルホドと思ってさっそくダンナはゲラを読みかえしてメニューを変更したとのことである。ひところ松本清張氏の下積み刑事はエビの天丼ばかり食べていたが、ベテラン中のベテランもついつい私情に犯される。心すべきことにこそ。

フレミングのダンナはスパイ・スリラーに御馳走話を挿入するのは苛烈、無残、流血で終始する物語を単調と陳腐から救うためだったと書いているが、たしかにこれは賢明である。ボンドはのべつ綱渡りさながらの荒業に挺身しなければならないのだから、こなれのいい物を食べてから出動しなければならないわけだし、荒業が完了すれば美女と休暇と金が待っているけれど、たいていのアクション小説がそうなのだから、ここは一番、ブルゴーニュの飛切りを一本添えた御馳走を食べさせて、読者諸兄姉にもリラックスして頂きましょうとダンナは考えたのである。しかし、それにもいろいろとコツがあって、その一例をあげれば、たとえばつぎのようである。

つまり、「彼は〝本日の特別料理（プラ・デュ・ジュール）〟――すばらしいコテージ・パイと野菜と、それから自家製トライフル（これはおかしなところは少しもない、まず穏当なイギリス風メニューだとわたしは思う）――であわただしく食事をすませた」と書くかわりに、「〝本日の特別料理〟というやつは一切本能的に信用してなかったので、彼は両側を焼いた目玉焼き四つと、バターをつけた熱いトーストと、それからブラック・コーヒーの大きなカップとを注文した」と書くのである。この場合値段には違いがないが、次の諸点に注意すべきである。まず第一に、われわれはみな普通昼食とか夕食に取るような食事より、朝食の食べ物の方を好む。第二に、これは自分の好むものを知っており、しかもそれを手に入れる自主的な人物である。第三に、目玉焼き四つはいかにも男の食事といった感じがあり、しかもわれわれの想像の中では、ブラック・コーヒーの大きなカップは、目玉焼きとバターをつけた熱いトーストという、たっぷりした脂っぽい感じのあとの味蕾にいかにもしっくりくる。

炒り卵が目玉焼きに変っただけのことで、このダンナ、よくよく卵に目がなかったと見えるが、世界中の美食はすでにあれこれと作品のなかで紹介しておいたから、極意皆伝のほうは軽くすませておこうということなのかもしれない。しかし、その〝極意〟も本質はたった一つで、自分を喜ばせ刺激するものをペン先から流れるままに書くまでのことだとのことである。つまり娯楽小説の妙諦もまた、自分がしてもらいたいと思うところのものを他人にあたえようと努めることにあるという鉄則である。

００７シリーズはサーヴィス満点の大人の紙芝居であった。カー・マニア、ガン・マニア、ファッション・マニア、あらゆる種類のマニアを満足させると同時に観光案内としてはベデカーであり、美食案内としてはギィド・ミシュランの役も果たした。お噺そのものが突飛きわまるものなのでスポーツカーのエンジンだの、ピストルの弾倉だの、リッツ・ホテルだの、カスピ海でとれたチョウザメのキャヴィアだのというあれこれの細部をしっかりみっちりと書きこんで現実感を確保し、気球が空へ舞いあがってしまわないように作品を地上に縛りつけて、読者を安堵させたのである。少しいいかたを変えると猥本が〝スー〟、〝ハー〟と書くところをカーだのガンだのの細部でやったのだから、これはポルノグラフィではなくてカーログラフィ、ガンノグラフィと呼んでいいようなものだった。そして春本は出来のよしあしにかかわらずいつでも〝大人の童話〟なのだから、これもまたそうであった。今からちょうど二十年前に００７は登場し、たちまちボンド旋風を発生させ、本がホット・ケーキのように売れたのだったが、当時ロンドンで出た批評のなかにはこのシリーズにあふれるサディズムがいかんとか、思考する人間のスピレーンだとか、インテリ好みのファシストだとか、いろいろあったが、私にはことごとく大人気なく見えた。フレミングのダンナは、威風堂々、私は金のために書くのだ、私の本は汽車や飛行機のなかで読まれ、そしてそこへ置き忘れられるのだといいきった。しばらくしてからフォーサイスが登場して『ジャッカルの日』を発表し、これまた徹夜で読まずにいられないパルプ小説だったが、著者は満々の自信をこめて私のは文学じゃないといいきり、二作か三作書いて金をつかむとスペインに牧場を買ってさっさと引退してしまった。こういうダンナ衆のあざやかな進退ぶりには毎度のことながら脱帽したくなる。まるで居合抜きである。おれは職人だ、ゲイジュツ家じゃないといいきって職人芸に徹するところが気持がいいのだ。思わせぶりなブンガク・ムードを漂わせたりしてもぐもぐと二枚舌を使ったりしないところが爽やかなのである。汽車や飛行機や新幹線の網棚に捨てていきたいパルプはゴマンとあるのだからそいつらをおしわけかきのけて時代と事物と人生にくたびれきったオトナたちを二時間か三時間、忘我にさせるにはよほどの芸がなければなるまいが、ダンナたちの職人仕事はあっぱれなものであった。

推理小説のトリックが種切れになって犯罪小説、風俗小説、警官小説などに転生してからというもの、私はこの種のものをすっかり読まなくなったが、スパイ小説を読む愉しみはやめられそうにない。新作が出るときっと買ってきて読むことにしている。本業のほうの締切日が切迫してドンづまりになった日でもイライラはらはらしながら読みふけってしまう。子供のとき、試験の日が迫れば迫るほどいよいよ押入れのすみっこに這いこんで山中峯太郎や江戸川乱歩にうつつを抜かさずにいられなかったけれど、いつまでたっても変らない。スパイ小説はどんな傑作でも一度読んだらそれきりで、二度と繰りかえして読む気は起らないので、かたっぱしから忘れてしまうが、二十年も三十年もたつと、オトナになってから蛸(たこ)の八ちゃんやのらくろの漫画を読みかえすような、ほのぼのとした懐しさが頁からたってくる。あの阿呆なスピレーンですらそんなことになるから、時間の作用はおそろしい。昔のスパイ小説を読みかえすこの愉しみは昔の漫画を読みかえすそれであるが、同時に昔の新聞を読みかえすときに味わうものと一脈通じあっているような気もする。スパイ小説は冒険小説から派生して独立的に発達した大人の童話ではあるけれど、ジャーナリズムでもあるのだから、日焼けして黄ばんだ新聞におぼえるのとおなじ匂いがたってくるのはきわめて自然なことである。

初期のスパイ小説の名作の一つにジョン・バカンの『三十九階段』がある。これを久しぶりに読みかえしてみると、ドイツのスパイ団を向うにまわしての大活躍がストーリーの骨子となっているが、晴朗、爽快、温厚、優雅の筆致に時代のへだたりをまざまざと感じさせられる。それは『三銃士』や『鉄仮面』や『紅はこべ』などとおなじ騎士道ロマンで、その亜種または変種と呼ぶよりはそのもの自体だといってもよさそうである。この著者の略歴を〝解説〟で読むと、十九世紀に輩出したあの圧倒的な、多面的な巨人族の一人であったとあらためて教えられる。バカンはその生涯のうちに弁護士、政治家、軍人、総督、ビジネスマン、小説家、歴史家、評論家、詩人、戦時特派員、情報局員などを経験し、死んだときはカナダ総督だったそうである。スパイ小説は趣味で書き、バスのなかやヒゲを剃ってるときなどにプロットを考えたという。ずっと後世になってフレミングが登場するが、ダンナも経歴はなかなか多彩である。ロイター通信の記者、証券会社の共同経営者、タイムズ特派員、海軍中佐、海軍情報局員など、など、など。語学は母国語の英語のほかにフランス語、ドイツ語、ロシア語。四十三歳まで独身生活をエンジョイし、その年で結婚したが、独身時代のように気ままに暮せなくなってイライラしたものだから、その解消にスパイ小説を書きだしたという。バカンにしてもフレミングにしてもおびただしい〝経験〟という身銭を払って生きた。金そのものもおびただしくかかっているが、書くについては何よりも経験の豊富さが文体を肉厚く裏うちしたものと思われる。彼らの一生そのものを私小説として書いてもスパイ小説や冒険小説になりそうである。淡々と私小説として書いても経験そのものが多彩だから、執筆の意図にまったく反した結果のものとなりそうである。昔、芥川龍之介はスペインの作家、ブラスコ・イバニェスの波瀾多い生涯をつくづく羨む一文を書いたことがあったけれど、その羨望、反省、嘆息はいまだにわが国では吐きつづけられている。夜ふけに。ひそかに。あからさまに。あちらで。こちらで。

推理小説やスパイ小説はまぎれもなく〝近代〟の分泌物である。少くともこれまでに判明しているところでは、〝近代〟のない国ではこれらの知的遊びは生産されなかった。外国産のそれらが輸入され翻訳されてエンジョイされることはあってもその国で生産されることは、まず、なかったし、いまでもないし、おそらく今後もないだろうと思われる。活字による将棋とも呼ぶべきこの種の遊びが許されて楽しまれて成熟するためにはその社会の知的エネルギーの総和からあらゆる種類の禁欲的戒律による抑圧を引算してもまだまだ残る余剰がなければならない。それがどう利用されようとも法的に保護される余剰がなければならない。それを保護するものを制度の面から眺めると、少くともこれまでに判明しているところでは複数党制による議会制度であった。たとえそれがあってもこういう遊びが創案されなかった国、またはほとんど評判を聞かなかった国は、たとえばスイスのように、いくつかありはするけれど、まずまずこれが原則であることはハッキリしているようだ。たとえばわが国で推理小説が生産されたのは戦前と戦後であって、軍部独裁による戦中にはまったく圧殺されてしまったという事実を見れば、一つの例証となるだろう。しかし、推理小説はかなり品質の高いものが早くにわが国では生産されているのに、その兄弟であるスパイ小説となると貧困、お粗末をきわめているという事実は何からくるのだろうか。雨の降る日に薄暗い寝床のなかにもぐりこんで、外国産の、輸入物のスパイ小説ばかり読みながら、ときどき考えることがある。００７シリーズは現実感あふれるナンセンスだけれど、読み方によってはフレミングの意図とはまったく離れてそれはスパイ小説そのもの、または現代の政治そのものにたいする痛烈な嘲罵(ちょうば)となることがある。どの分野でもナンセンスとかパロディーというものはセンスがよほど成熟、爛熟して種切れになりかかるところまできてから発生するものである。そしてスパイ小説というものは政治的現実とそれを報道するジャーナリズムの成熟と平行して発達してきたものなのだから、あちら産のこれと、こちら産のこれとのお話にならない落差は、こちらの書き手の政治感覚が半煮え、ジャーナリズムが半煮え、民主主義が半煮え、外国と外国人についての知識が半煮え、感覚が半煮え、職人根性が半煮えだということになる。ヴィーナー・シュニッツェルからトンカツを創案し、それのつけあわせにキャベツきざみを添えるという非凡の妙手を編みだし、さらにカツ丼というあっぱれな異種へそれを発展させ、ついでにショウガ焼きという奇手まで考えだした料理人の職人感覚とくらべると、わが国のパルプ作家の怠慢はどう罵(ののし)られても反論のしようがない。

さて。

食卓談話というものはいきあたりバッタリの乱調のうちに自然の調和がとれるという性質のものである。そのつもりで私もこの連載をひきうけ、毎度毎度デタトコ勝負でよしなしごとを書きつづってきたのだが、どういうものか、毎度毎度、酷烈、無残、悲惨に終るエピソードばかりであった。特にそればかりをめざして〝史実〟をあさったわけではないのだけれど、資料をそろえて書きにかかってみると、いつもそんなふうに終ってしまうのだった。人の一生の本質は二十五歳までの経験と思考が決定するという原則を考えれば、やっぱり、サクランボのような唇をしていた年頃にオトナになりたい一心で闇市で空(す)き腹にドブロクだの、バクダンだのというまやかしをしたたかに飲んだために、ついついこうなってしまうのだろうかと、反省してみるけれど、いまさらどうしようもない。そこで今回はちょっと気分を転換してみたくなってスパイの味覚というテーマを選んでみたのである。スパイ、ギャング、殺し屋、マフィアという連中、ことごとく本の白い紙のなかで教えられるばかりで、私の身辺には一回も観察の機会がない。芥川龍之介とおなじように生活圏の狭小を嘆くしかないが、フレミング・ダンナは作品に現実感をあたえるためと、対照の妙をだすためと、読者をリラックスさせるためにボンドに朝食は炒り卵だとか、両側を焼いた目玉焼き四コだのを食べさせ、一件落着前後にはフロリダの石蟹のバター揚げだの、カスピ海の南でとれたチョウザメのキャヴィアだのを食べさせた。それは小説作法としてなかなか賢明な手段であり、取材も愉しくて、趣味と実益がさぞや一致したことだろうと羨望したくなるが、現実でもどうやら手荒い連中は御馳走に目がないらしい。いろいろなギャングや殺し屋やスパイのドキュメント——まじめなもの。もしくは、そう思えるもの——を読みあさってみると、これらすばしっこい右手の持主たちは、たいてい食いだおれで、めいめい自分のひいきのレストランを裏町に持っている。または、お好みの料理というものを持っていて、なかには自分でキッチンへいって、手の血を洗ったあとで、コトコト鍋を煮る者もあるらしい。殺しのあとの神経を鎮めるためには絶好の妙法だと思えるけれど、しばしばこれが度を越すことになり、金につまって、ただうまいモンを食いたいためにだけ人を殺しにでかけるということも発生するらしい。前回にわが子を蒸焼きにした易牙のことを書いたけれど、こうなれば一歩か二歩の違いである。

ジェイムズ・ボンド氏は自分では料理を作らない。彼は註文し、解釈し、鑑賞するが、料理は作られたのを食べるだけである。ボンド氏以後——著者たちはめいめいそれ以前からだといいたいだろうが——スパイ小説ではチラホラしきりに食事の話が登場するようになったけれど、それでも、たいてい、ヒーローたちは、作られた御馳走に眼を細くしているだけである。ところがここに一冊のスパイ小説があって、これは全篇ことごとくといってよいくらい食談が登場するばかりか、主人公がじかにキッチンへいって自分で料理をする。しかもそれがたいてい危機の肉薄してきた状況で、追手というのがナチスのゲシュタポ、ソヴィエトのKGB、イギリスのM機関、フランスの第二局、マルセイユのギャング、アメリカのCIA、世界中のその道の猛烈屋ばかり。それらをかたっぱしから手玉にとって御馳走を作ってたぶらかして逃げるという愉快で優雅な悪漢小説である。よくできたスパイ小説を読むたびにまだこんな手がのこっていたのかと感心させられるが、この作品を読んだときにも、着想の非凡さに唸(うな)らされるばかりだった。しかも著者が食いだおれのフランス人ではなくてウィーン生まれだけれどドイツ人だというのだから、虚を突かれた。J・M・ジンメルの『白い国籍のスパイ』である。(原名は『必ずしもキャヴィアがある必要はない』。このほうが内容にピッタリ照応しているし、ピリッとくるし、想像を刺激されてよろしいのだが……)

この翻訳は三年前に出版され、当時一読して脱帽したものだからそのころ某誌に連載していたエッセイ一回分を費して紹介したのだけれど、その後スパイ小説は何冊も出版されはしたものの食談のユニークさでこれをしのぐのは一冊もないから、ここでもう一回とりあげることにする。バートランド・ラッセルはこれを読んで作者はイギリス人だろうと思ったそうで、こんなにユーモアに富むドイツ人がいるとは考えられなかったからだと洩らしたというが、同感である。イギリス人のことを〃牛肉食い(ビーフ・イーター)〃、フランス人のことを〃蛙〃、イタリア人のことを〃マカロニ〃、ドイツ人のことを〃クラウツ（キャベツ）〃と呼ぶアダ名の例があるが、人を罵るのにその好物料理を持ちだすのは優雅と鋭さが同時に味わえるので悪くない手法である。ドイツ人は例の骨付の豚の脛肉(すねにく)(アイスバイン)にたっぷりとザウアークラウト（キャベツの酢漬の煮たの）を添え、キャベツと肉とマスタードをたっぷりまぜあわせて食べるのが大好きで、だからキャベツ野郎などと呼ばれるようになったのだろうが、むしろ〃カルトッフェル（ジャガイモ）〃というほうがピッタリくるように私などは感じる。ビーフ野郎については『イギリス人にセックスはない。あるのは湯タンポだ』という悪口がある。キャベツ野郎については『一人のドイツ人は哲学を書く。二人のドイツ人はオーケストラを演奏する。三人のドイツ人は戦争をする』などと痛烈な一口噺(けう)が流布された時代があったけれど、この三十年間の平和はゲルマン史上稀有の出来事といってよろしいかと思われる。何しろドイツ人が毎夏休暇にでかけ、ドイツ男がラードや水ではなくてヘヤトニックを頭へふりかけ、ポルノが公認され、ドイツ・マルクが久しくドルより強力を誇り……などという一切の現象がことごとくそのたびに〃ゲルマン史上空前〃と呼ばれる。そういう背景だものだからイギリス人のようにユーモアに富んで、フランス人のように料理に精通した、洒落(しゃれ)た、そして痛烈なこういう作家が登場することとなったのかもしれない。この人のこの作品のユーモア、痛烈、優雅の舌ざわりをしいて他のドイツ作家に求めるとすればケストナーがあるが、ほんとに珍しい例である。

この作品にはジョセフィン・ベーカーやイヴ・クーストーやフーヴァー長官などが実名のまま登場してそれぞれの役を演ずる。そしてこのトーマス・リーヴェンという主人公が実在の人物であるかのように書かれているが、どうやらそれは事実らしい。あるフランスの作家の書いた『赤いオーケストラ』というスパイ・ドキュメントにこの人物と会ったときの印象記が書かれてあったので、その部分はごく短いものだが、おかげでモデルがあったのだなとわかった。ところがこの作品とそのインタヴュー記事とでは同一人物のはずなのに性格がまるで正反対となって書かれてあるので、その点が興味深く読める。この作品に登場するトーマス・リーヴェンはドイツ人だけれど、お洒落なプレイボーイの平和主義者で、酒と女と唄、そしてパイプと古い家具とクラブが大好きで、どこへいくにも蓋つきのチンチンと鳴る古風な懐中時計を持ち歩き、その場その場のありあわせの材料でみごとな料理を作りあげる。そういう青年がひょんなことからスパイ戦争に巻きこまれて心ならずも各国の情報機関からつけ狙われ、全ヨーロッパを転々として歩く遍歴記が物語になっている。007シリーズの残虐趣味はないし、『寒い国から帰ってきたスパイ』の暗鬱もなく、むしろスパイ小説の元祖である騎士道ロマンに先祖返りしたような朗らかさがいたるところに漂っている。それでいて現実感と痛罵があり、現代のスパイ小説としてはまったく横紙破りである。こういう珍種は何年かたてばまた読みかえしたくなるにちがいないから、私としては稀れなことだが、本棚にのこしておくこととする。

007シリーズは観光旅行と美味珍味のガイドブックでもあるとさきに書いたが、こちらは料理のハウツーであり教科書でもあって、ひとつひとつ材料の選び方、焼き方、煮方まで書きこんであるのだから、凝りようでいけば007はとても足もとにも寄れない。著者のジンメルのこの面での取材、投資、勉強熱心はまことにあっぱれである。一例をひくと開巻冒頭から主人公が若い女中にサラダの極意を伝授する光景があるが、つぎのようである。


「オーケー、じゃあひとつ、すてきなサラダの作り方を伝授しよう。ところで、これまでやったことは?」

キティは、バレリーナのように膝をかがめて、うやうやしくお辞儀した。

「二時間前に中ぐらいの大きさのレタスを二つ、水に浸しました、旦那様。それから固い柄を捨てて、柔らかい葉だけをより出しましたわ」

「その柔らかい葉をどうしたのだっけ?」と彼は促した。

「それをナプキンに入れて、ナプキンの四隅を結んで、旦那様がナプキンをお振りになったのです」

「振りまわしたんだ、キティ。水気を最後の一滴まで切るために振りまわしたんだよ。葉っぱを完全に乾かすことが一番肝腎な点だ。さて、これからがサラダソースの調味に細心の注意を払わなければいけないところだ。ガラスボウルとサラダフォークをこっちへよこして」

　キティがたまたま主人の長いほっそりした手に触れたとき、甘美な戦慄が彼女の体内を走った。

　ナチスがパリを占領したときに主人公はアメリカ人だと偽って、いやいやながらフランスの諜報機関に強制的に組みこまれるままその機関員全員のアドレスを記した重要書類を持たされて逃亡を計るけれど逮捕され、ジョルジュ五世ホテルにあるナチスの本拠につれてこられ、フォン・フェルゼネック将軍にじきじき訊問されることになる。将軍は彼をアメリカ大使館員だと思いこんでいるので食事でもしながらゆっくり話しあいましょうといいだす。そこで〝野戦食〟をといって提供したところ、主人公はドイツ人だと見破られないよう、重要書類を持っていることに気づかれないよう、冷汗をたらたら流しながらもさあらぬ顔つきで野戦食を改善するよう、その料理法を将軍にむかって説くのである。

「その前に、ずっと以前から知りたいと思っていたことを、ひとつお尋ねしたいのですが。閣下、ドイツの軍事食にはソーダを混ぜるというのは本当ですか？」
「そういう噂が根強くはびこっていますな。私としては、それについて何とも言えません。私も知らないのです。ただ、兵たちは数ヵ月も戦闘に出向いていることが多いし、妻からも遠くはなれて従軍しているわけだし……これ以上申す必要はありますまい」

「おっしゃるとおりです、閣下。それはともかく、いかなる場合にも役に立つのは玉葱です」

「玉葱?」

「ジャガイモ・シチューのこつは、一にも二にも玉葱です。幸いフランスには玉葱はふんだんにあります。からくりは至って簡単。牛肉と同量のジャガイモ、それにマヨラナと細かく刻んだ砂糖酢漬けの胡瓜を用意します。そして……」

こういうあたりを読んでいると、アメリカ兵の精力を減退させるためにサイゴンのPXに送りこまれるメンソール・タバコはとくに薄荷を強くしてあるんだそうだと、まことしやかな口調で、十二年前、九年前、よく耳もとでささやかれたことを思いだして、ニンマリ微笑したくなってくる。また、二十余年前、作家として登録されるより以前の頃、洋酒会社の宣伝部員として、明けても暮れても私はハイボールの宣伝に没頭していたが、いつからか誰がいいだしたのか、ウィスキーをソーダ水で割るとインポになるから水割りのほうがいいのだという噂がたち、必死になって防戦につとめたけれど、とうとう水割りにやられてしまったこと、いまだにそれがつづいて水割り大流行がいっこうに衰える兆しのないことなどを思いあわせたりする。薄荷やソーダ水でほんとにアレはおとなしくなるものなのだろうかネ? たかが煙や泡水で?……

《心に通ずる道は胃袋を経由する》という意味の諺(ことわざ)はたしかイギリスのものだったと思うが、危機に襲われるたびに、どうです、何かうまいモンでも食べながら相談しましょうやといって主人公がいそいそ鍋のまえにたち、影の戦争の猛烈屋を手玉にとったりとられたりするこの一篇は、ねじれゆがんで萎(しな)びてしまった現代人の頭と心を、雨のしとしと降る夜ふけ、枕のうえで、ひとときときほぐしてくれる。イデオロギー闘争や、戦争や、陰謀や、ナショナリズム狂熱などを〝食〟で解毒しようとする著者のラブレー風の意図はみごとに成功している。くつろぎと、優雅と、素朴がこの複雑の時代にたいする硫酸より強い批評、または嘲罵となることを、この人はとことん、さりげない口調で実証してみせたのである。こういう卓抜な大人の童話を読んでいると、ついついチェーホフの呟きを思いださずにはいられない。『おなじことをするにもいろいろな方法があるというものですよ、あなた』という、あの低いが耳にしみる呟きを。

大震災来たりなば——非常時の味覚

毎年、八月がやってくると、新聞、雑誌、週刊誌をあげて敗戦特集号をつくる習慣である。もう三〇年もつづいていて、すっかり歳時記の一つと化してしまったが、おかげで新しい視角とか新しい素材がなくなり、編集者一同は四苦八苦である。そこで、もうずいぶん以前のことになるが、ある雑誌が『戦中・戦後の食事』という企画を思いついた。あの苦患の時代の食事を当時のままに再現し、それを食べつつボソボソと語りあおうという、わるくないアイデアであった。出席者は年長代表として中島健蔵氏、年少代表として小生、そこへ中央市場のえらいさんが一人、加わった。女子栄養大学の、年配の、苦汁の経験をたっぷり持ちあわせた先生たちが、ウブな生徒を動員し、手とり足とりして教えて調理した。

ヨメナの吸物、ノビルのぬた、ハコベのゴマよごし、マメカスの炒めもの、ホッケの塩焼き……というぐあいに皿や椀がずらずら並び、サツマイモ入りの電極パンもあった。これはハッピーな若い読者のために説明しておくと、木で弁当箱ぐらいの箱をつくり、その内側に銅板を張り、そこへ電燈からじかにコードをひいて、コードの先端をほぐして電線を露出してそれぞれ銅板へ結びつけるのである。その箱のなかへサイコロ大にきざんだ蒸しイモをまぜたメリケン粉のかたまりをイーストぬきで入れる。重曹を入れてふくらますという手もあった。そうしておいてからスイッチをひねって電気を流すと、銅板が熱くなってきて、メリケン粉を焼き、ダンゴよりはいくらかましだがパンではないという、いわば白子(アルビノ)のような変種ができあがるのである。もぐもぐムズムズと頬張り、ノドにつかえてしようがないからツバがわくのを待って、ゴクリゴクリと呑みくだす。つきせぬ滋味を味わおうとして噛みしめると、しばしば重曹のかたまりを噛(か)みあて、そのイヤらしいにがさったらないから、気をつけて噛まなければならなかった。

　ヨメナの吸物やノビルのぬたを食べ、つぎに電極パンに手をだし、ひからびたホッケの塩焼きをうっとうしく横眼で眺め、マメカスの炒めたのをつまみつつビールを飲むと、ちょっと湯葉の樋に似たところがあってイケるんじゃないかと思ったりした。そういえば当時オトナたちは国民酒場に長い長い行列をつくり、アルミの弁当箱や飯盒(はんごう)にビールを入れてもらって立呑みしていたな、などとつぎつぎ光景が頭をもたげて起きあがってくる。プルーストはマドレーヌを紅茶に浸して食べた瞬間に過去の十八年間（……でしたネ）、その年月のあらゆる瞬間をくまなくすみずみまで思いだしたそうだから、私は、不肖、電極パンやマメカスで二十数年を攻めようかと思うのである。

（マメカスとは脱脂大豆のこと。大豆を圧搾して油をとったあとの滓(かす)のこと。圧型されて小さな車輪ぐらいのものもある、厚い滓の塊り。これを砕いてほぐして各家庭に配給した。家庭ではこれを炒めたり、水でふやかして御飯に入れたりなどした。現在ではブタの餌(えさ)）

　しかし、ヨメナの吸物もノビルのぬたも、いちばん安物の醤油や酢や味噌を使って調理したとのことで、当時の代用醤油は入手不可能なのだから万止むを得ないのだが、おかげでどれもこれもたいそう上品に出来ている。何やらそこらの取澄した精進料理屋で供されそうな椀であり、皿である。

そこで、ブックサ、

「これは上品すぎる。おいしすぎる」

と不平をいうと、中島健蔵氏が、

「おい、開高君」

といった。

「君のいうことはまったくそのとおりだが、贅沢いっちゃいけないよ。文句いっちゃいけないよ。批評しながら食うようじゃ、堕落だぞ。当時を思いだしてごらんなさい。モノもいわずにとびついて呑みこんだじゃないか。それを君は忘れてる」

持ちまえの早口で眼を細めながら氏はそういって私をたしなめたが、これには一言もなかった。至言である。まったく、当時は……。

女子栄養大学の電極パンの木箱をこしらえた先生が座談会の速記の終ったあとで、材料の入手にひとかたならぬ苦労をしたという話をしたが、それを聞いているうちに、何やら底深くうそ寒いものを感じさせられた。そのうそ寒さは冬のぬかるみに踏みこんだみたいにじわじわと足を這いあがって腰から背へ、腹へとしみこみ、ひろがっていく。マメカスを入手するためにさんざんさがしまわったあげく、やっと埼玉の養豚場で使っているとわかったので、そこまで自動車で買いにいった。しかし、戦中、戦後、ヨメナ、ノビル、ハコベなどはどこにでも生えていたのに、いまは見つけるのがひどくむつかしくなった。どこへいってもアスファルト、団地、宅地ばかりで、コンクリの皮が広がるいっぽうだから、野草を発見するのが楽でなくなった、とおっしゃるのである。お百姓さんもサツマだの何だのという地味なのはあまりお作りにならないから、その葉っぱを煮しめにしたり、茎の皮をむいて味噌汁の具にするということもできない。これは年々歳々、減退、揮発の一途で、農村人口も、畑や田も、減退の一途。いったいどうなるのでしょうという話なのである。すでに読み飽き、聞き飽いた話題だが、こういう席であらためて聞くと、不安が酸のようにしみてきた。つまり、私たちには後退地や根拠地がないのだ。人生が戦いであるなら、私たちは退路のない戦いをしいられているのだ。特攻隊なのだ。カミカゼなのだ。またしても。

私の祖父は北陸出身で、うっかり歩いたら踏みつぶされそうなくらいたくさんの兄弟の第何番めかに生まれ、そのままなら肺病で死ぬか、一生納屋暮しで終るという身分だった。そこで毛布一枚を持って大阪へ這い出し、ド、ド、のどん底から粒々辛苦、お尻の穴がはじけそうなくらい働いて働いて働きまくり、やっと故郷に田を買ってささやかな不在地主となり、年貢でどうにか暮していけそうなと見当がついたところへ、戦争だ、敗戦だとくる。そこで死ぬときはフリダシにもどって一切空と化し、筆写したお経数巻と私家版の新語辞典一冊をのこして彼岸へ去った。何しろ敗戦後の新聞は、アプレ・ゲールだの、ラッキー・カム・カムだの、アベックだのと明治生まれの祖父にはわからないことばかりだから、紅葉が病葉（わくらば）になったようないたいけない孫の口から（……私のことですが）、そういうチイパッパの説明を聞いて辞書をつくり、それを手引にして新聞を読むのであった。

こういう明治生まれの人は日本全国におびただしい数で、当時、いらっしゃったのだろうと思う。この人たちは晩年ことごとく一切空の悲歌を呑みこんで彼岸へ去っていった。しかし、それにしても、この人たちの出身地は農村であったから、非常時となればそこへもどっていくことができた。当時の日本はアジアではやっぱり最先端の工業国だったけれど、農村は人口も面積も健在だったから、また、都市の流通機構から独立してそれ自体の季節と土にたって生きていたから、疎開した祖父は数十年前に憎悪と恐怖から一文なしでとびだした北陸の鎮守の森のなかでむしろささやかな静謐（せいひつ）と栄養を味わうことができた。毎日、ささやかながらジュンメン（純綿・銀シャリ・まともなお米のこと）を食べ、素朴だがコクのある豆味噌の汁をすすり、小ブナ釣りしかの川のほとりをさまよい歩くこともできた。ほんのときたま娘（……私の母）が行列で切符を手に入れて見舞いにいき、その帰りに若干のジュンメンを腹に巻きこんだ。ケイザイ（経済巡査・闇取締りの）眼をくらまして大阪へ持って帰り、やぶれかぶれの洞穴のような家のなかで、病葉のような息子と二人で食べ、ホンの一晩か二晩だけ、マメカスの禅味からのがれるのであった。

しかしダ。

みなさまとっくにごぞんじのようにこの三〇年間に状況は激変した。つぎに大震災がきたとき、都市の在住者で火災や倒壊や飢渇から生きのびられた者は、つぎにどこへ逃げていいのかわからないのである。日頃、非情無沙汰にまぎれてうっちゃったままの、名も顔もあやふやにしか思いだせない、叔父の、従弟の、ハトコの、その友達の、なんてのをにわかに思いだしてそのツテをたよって田舎へ蒙塵しようと思っても、田舎そのものがインスタント・ラーメンを食べて暮しているのだし、その供給源が都市なのだから、おそらくあるのは井戸水か沢水ぐらいじゃあるまいかと愚察する。それも感心に御先祖様伝来の井戸を持っていたとしての話である。そしてその井戸が近くの工場の揚水ポンプで水脈が切れていないとしての話である。農村出身者も、農村出身者を知人・友人・親類に持つ都市生活者も、この際、ひとしく最悪の事態を想像して暮したほうがいいのであって、農村をアテにしてはならないのである。なるほど私が父母から折あって聞かされた祖父の果敢な苦闘の生涯は故郷への憎悪と恐怖を原動力として発動されたもののようであったけれど、非常時になれば祖父は鎮守の森が涼しい影を落す水田のほとりへもどっていくことができ、そこでは北陸特産のすばらしい小粒米がとれ、豆味噌があり、野菜も芋もあって、ヨメナ、ノビル、ハコベで指さきをアクで黒染めしなくてもすんだ。放し飼いのニワトリはミミズやカタツムリを食べているのでいい味がし、それをツブしてダシをとって御飯にかけたら、淡麗、素朴なボッカケ飯を冬の夜たのしむことができて、苦笑まじりに都市をふりかえることができた。しかし、その祖父の孫である私は、大地震から這いだしてそこへもどっていくことは、もう、できないのである。祖父を知る人はもう、一人のこらず、死に絶えてしまったのだし、田はないし、家もないし、納屋もない。あるものといえば神社の玉垣にきざんだ祖父の名だけである。全日本の、似た条件の、無数の人とおなじである。私たちはハイマートロス（故郷喪失者）なのだ。ここを徹底的に、肛門の小皺のすみずみにまで、覚悟を浸透させておかなければならない。

だからダ。

申すまでもなく、来たるべき非常時に際しては、各人その居住地もしくはその周辺にとどまって孤軍奮闘しなければならぬものと思いきめなければなるまい。そのことをいまから考えるのなら、福沢翁の吐いたように、つねに最悪の事態を覚悟して暮さねばなるまい。何が最悪であるかは、各位の体験と想像力によって段階がさまざまであろうが、誇大妄想だの、何だの、どう呼ばれようとかまわないから、各位、最悪の想像を精錬なさることである。アレもなくなる、コレもなくなるともっぱら腹のたしになる苛酷、非情をつぎつぎとお考えになり、徹底的な消去法に基づいて思量あるべしと思われる。そのための冷徹な準備を日頃からおこない、年に一回、備蓄食料や水の入替えをやって経費がかかるとしても、べつにドッテコトない。ギンザで二度か三度だらしなくニコニコしたと思えばすむことじゃないか。ソンしたとかトクしたとかの批評のできる問題じゃないのだから、非常時がこなければそれでモトモトというわけ。ところが人間、厄介なのは、わかっちゃいるけど手がだせないということがあり、どれだけマスコミが地震の情報パニックをひきおこしても、やっぱり各位におかれては日々の塵労と塵費にまみれて、情報におびえながらもつ

いつい ミネラルウォーター一本買わず、牛肉の大和煮の罐詰一コも買いこまないで、ずるずる何となく毎日をすごしていらっしゃるのじゃあるまいかと愚察するのである。つまり、それは小生の家の物置のことにほかならない。何しろ私小説の国である。私自身を基準にして考えればあまりあたりハズレがないのではあるまいかと考えてペンを進めることにする。

備蓄の非常食の味覚についてはいずれ後段で触れることにして、万事に先行する金について一言。いつぞやM銀行茅ヶ崎支店の支店長が御挨拶に見えたとき、地震対策の話がでて、銀行では何か対策を考えておられるのかとおたずねすると、紳士は首をよこにふり、何も考えておりませんと、おっしゃる。新聞やテレビがあれだけ大騒ぎして、それに呼応してか、煽りたてられてか、人口密集区の江東区や震源予想地とされた川崎市などでは老若男女が昔懐しの防空頭巾をかぶって退避訓練までしたけれど、銀行では本店でも支店でも、会議らしい会議はしたことがないし、内示、お達し、何一つとして中枢部から指示があったこともないとおっしゃる。ではイザとなって預金者が金をひきだしに殺到したときはどうなるかとたずねると、手持の金で払える分を払ったあと、本店から不足分をとりよせる。それまで若干、お待ち願いたいのですとのことであった。火事場泥棒の商法が横行してたちまち物価が四倍、五倍、果ては天井知らずというような高騰ぶりになるからいくら金があっても足りないという事態になるだろうし、預金者各位の日頃の手持高なんて焼石に水一滴というようなもので、それが支店すべての地域においてそうなるだろうから、いくら本店に金があったところで、おまけにハイウェイがつぶれ、道路がつまり、あたりいちめん火の海となれば本店から金を持ってくるといったって自動車ではこぶわけにもいくまいし……肛門の小皺にしみこんだ最悪感覚にたってブッブッ、そんなことをいいつづけるうちに紳士はにこやかに粗茶をすすって帰ってしまった。これを要するに銀行もまたアテにはできないということなのであり、一言でいえば各位におかれては御先祖様の故智にならって日頃から土に金を埋めて備蓄なさるしかないということなのである。それも書斎の本棚の辞書のなかとか、奥様の洋服ダンスのすみっこなどという秘所ではなくて、家が倒れてもすぐとりだせる場所。屋内なら玄関の靴箱だとか。屋外なら庭のあいたところとか。そして容器は壺か何かが好ましく、湿気がこないようにしっかりガム・テープで蓋に二重、三重の目張りをし、スコップなしでも掘りだせるように浅く埋めると……こうなるのだ。どのくらいの金額を、したがってどれくらいの大きさの壺を入手するかということは、各位の想像力と甲斐性におまかせするが、いずれにしてもこの点はよくよく御考えになるがよろしいですゾ。

さて、ダ。

某日曜日、竹内ボクチャンとその麾下スター・ダスターズ一同は手や肩に段ボール箱をいくつとなく持ってドヤドヤと繰りこんできた。都内のデパートや有名食品店で売っている〝防災セット〟を全種買いこんできたのである。本日は空前の大地震に見舞われた直後の第一日で、水も火も出なくなったが、奇妙に備蓄食品だけは救出できたので、罐切りを片手にもっぱらその鑑賞をしようという設定である。過去の小生の見聞と経験によれば家が全壊しても思いがけない物が奇妙に無傷のままで残ることが、えてしてあるものだから、備蓄食品のほかにフランスぶどう酒数本とギターが生きのこったという設定にする。フランスぶどう酒数本は私が提供し、ギターは雨宮君が持ってきた。この人、顔を見るとどうしてもリオ・グランデ以南の出身でパンチョ・ヴィラの末裔としか思えないのだが、ギターを持たせるとラ・パロマでも、ラ・クカラチャでもなく、『どん底』のルカの歌と『モスコー郊外』、いずれもモスコー訛りで底深いバスの魅力をお聞かせしましょうとおっしゃる。コルトンの赤の73年物をやりつつ乾パンを食べてモスコー訛りの『どん底』を聞くというのが本日のメニュである。これすべて、乱ニ居テ治ヲ忘レズの古諺を実践したくなって。（本番のときもこうあってほしいネ）

救荒食が常食と化した顕著な一例はインスタント・ラーメンに発する一切のインスタント食品である。これは全日本のあらゆる家庭に常時あるものだからあらためて鑑賞するまでもないということになった。乾麵は中国にも日本にも古くからあるが、これをインスタント・ラーメンに仕立てなおして現代日本女のズボラ癖を時間、空間の両次元で助長させたヤツは頭がいいとしかいいようがないが、小生のアンテナには邱永漢という異才の名がひっかかっておる。この異才がそもそもの発端のどこかで一枚嚙んでいたのではないかという臆測であり、情報である。いずれこの人には何かの形で見参しなければなるまいと、私、思っている。インスタント・ラーメンは日本からあふれだして東南アジアへいき、ヴェトナムへいき、政府軍にも反政府軍にも当時おそろしく歓迎されたが、あるときアメリカ映画を見てたら、マフィア・ギャングが倉庫のなかで、ポリがきて一合戦やらかすまえに早いとこ飯を掻ッ食らっちゃえなどといって箸でインスタント・ラーメンをもぞもぞやってる場面があり、その箸の使い方がなかなか器用なので恐縮したという記憶がある。立食いハンバーグといい、立食いフライド・チキンといい、ファースト・フッドは、先進国、途上国、自由主義国、社会主義国を問わず大流行だが、これは何を意味するのだろうか。明白にそれは〝近代化〟現象だが、自動車をガソリン・スタンドに乗りつけて五分もかけないで満タンにしてハイといってでていくようなのが食事だということになっちゃって、誰も疑わなくなっている。これをアマゾン流域の住人に見せたらどういうか、ぜひとも意見を聞いてみたい。

デパートや有名食品店には ちゃんと〝防災コーナー〟というのがあり、〝防災セット〟が売りだされているという。読者各位におかれては散策の折に一見されたい。アルミでコーティングしたリュックサック風の〝非常持出袋〟を添えたのや、段ボール箱につめこんだのや、さまざまである。ためしにM屋のセットに入ってる説明書によると、災害時は第一日めに充分行動できるかどうかがキー・ポイントである。そこで日本人のオトナの一日平均の摂取カロリーは二三〇〇から二五〇〇カロリーなので、ためしに三〇〇〇カロリーを組合わせてみたらこうなりますとある。ウンと活動しなければなるまいから少し多いめに組合わせたとおっしゃるのである。その内容はつぎのようである。

乾パン　二罐（氷砂糖入り）
コーンドビーフ　二罐
ウィンナーソーセージ　二罐
蜂蜜　一パック（15グラムのが15袋）
ミツマメ　二罐
ミネラルウォーター　二瓶（500 ml入が）

ミネラルウォーターをのぞいてあとはみなM屋の製品である。さっそく頂戴してみると、乾パンが昔とくらべてお話にならないくらいよくできているので感心した。氷砂糖がチラホラ入っているのは塩味の乾パンにほのかな甘味をつけるためと呑みくだすためのツバをわかせようという知恵だが、戦中の乾パンはある時期までコンペイトウをつけていたという記憶があるから、その故智にならったものであろう。おそらく苦患の世代者が昔懐しでイキイキとなって考案したのではあるまいかと思われる。蜂蜜とミツマメもわるくない。ただのレジャーとしてではなくて、かなり苦行に近い、または苦行そのものといいたくなる山行きや海行きを味わった人ならきっと賛成して下さることと思うが、精神の疲労にはアルコール、肉体の疲労には糖分という原則があって、鳥もかよわぬ源泉地点やギラギラ照りの洋上ではミツマメがポケット瓶よりはるかにありがたいのである。私は、いつか、アメリカ製のフルーツ・カクテルの罐詰と日本製のミツマメの罐詰を山奥でつぶさに食べくらべてみたことがあるが、その繊妙、その巧緻、たくらみの深さと、思いやりのこまかさ、一も二もなくミツマメに指を折った。あらくれのはずの山男や海男でこのことに気がついて用意していく人は意外に多いのである。ミツマメをバカにしちゃいけませんよ。背骨をたてて肉体を酷使に酷使しなければならないあらくれ時にはミツマメを忘れてはいけない。エベレストやアマゾンにいくときは必須の携行品である。この点、シカとこころにきざんで頂きたい。わけても栄太楼のミツマメの罐には二種あって、罐底にビニール袋がついて白蜜と黒蜜がそれぞれ入っているというぐあいであり、このていねいさには小笠原洋上でホトホト頭をさげた。

つぎからつぎへと段ボール箱から罐詰類をあけたら、たちまち大テーブルがいっぱいになる。それをかたっぱしから罐切りであけてひときれずつ鑑賞しようというわけである。光景を見るや、いなや、竹内ボクチャンはすっくとたちあがり、いきいきと嬉しそうに、

「ア、おれ」

といった。

「牛肉の大和煮とサケ罐。これなんだなあ。これさえあれば、おれ、何も文句ないんだなあ。これですよ、これ。これ。これがいけるんです」

さっと手をのばして大和煮とサケの罐を二つとりこみ、罐切りでスパスパと切り、紙の皿にあけ、そのあとニッコリして、何もいわなくなった。この人、毎号この連載の取材現

場に証人として登場し、辻静雄邸のパリの『カスピアン』から直行のベルーガ・キャヴィア、その青罐と赤罐からはじまって、中華の精進料理も、常磐物のアンコウの肝の友和えも、アレも、コレも、ことごとく鑑賞してきた。そのたびにぶどう酒をおびただしく飲み、いまやボルドォ物とブルゴーニュ物を香りだけで嗅ぎわけ、レッテルや年号に脱帽しないで飲むという段階にまで達しているのだが（……そのハズであるが）、このときくらいニコニコしてはしゃいだ声をあげたことはない。そのいそいそとした声を聞くと、やっぱりこの人も遠い昔には私とおなじようにトトチャブ組で、欠食児童だったのだろうかと、あわれしみじみ思いやられるのであった。

このあといろいろと鑑賞した。『諸君！』の編集部だか、『暮しの手帖』の編集部だか、けじめがつかないという光景になった。雨宮君がギターをひいてモスコー訛りで『どん底』をうたってくれるので、やっと主婦雑誌ではないらしいと判別できるのだった。アルファ米というものは説明書の指示通りにやってみたところ、熱湯をかけても冷水をかけても、非常時なら何とかイケるという評価になった。非常時セットのなかにはちゃんと固型燃料で火をだしてくれる罐が入っているから、熱湯はつくれるのである。そのためのガス・ライターもつけてあるあたり、文章でいえば句読点がしっかり神経を配ってうってあるといいたい細心ぶりである。熱いアルファ米は東南アジアの不慣れな若い女が炒きそこなった飯、冷めたいアルファ米はさめた、だらしないお粥といったところだが、非常時ならありがたく頂けるはずである。肉加工品についてはウィンナソーセージの罐よりはコーンドビーフの罐詰に人気があった。これには国産と外国産の二種あるが、いずれも一長一短がある。票をとると国産派と外国産派、ハーフ・アンド・ハーフである。M屋製の国産のは塩も胡椒もこまかくきかせてあってデリケートだがそのためか腰の強さというコクで一歩ゆずる。外国産の有名すぎるほど有名なLは伝統の作法で作ってあり、デリカシーには欠けるが素朴な肉の味をのこしてあるという点で一つ買える。甲、乙つけがたいから、あとは好みの問題だということになった。しかし、非常時セットとしては、やっぱりコーンドビーフは不可欠だろうということで、意見が一致する。牛肉の大和煮は人気一番。これはボクチャンの熱中が郷愁だけではなくて知性の裏付けもあってのことだとわかる。サケ罐にはタケの子といっしょに煮こんだのもあったりするが、サケそのものだけで必要かつ十分条件をみたしていると、結論がでた。日本のサケ罐と外国産のサケ罐の相違は、栄太楼のミツマメとデル・モンテのフルーツ・カクテルの差ほどひどくはないとしても、クッキリ舌にきざまれる差があり、日本産のほうが文句なくすぐれていると、私は思う。これは世界一のフィッシュ・イーターとしての水準を今後とも保持して頂きたい。

(日本で食べるサケ罐とパリで食べたサケ罐をくらべてみると、日本のはコクがあり、パリのは淡白であるように思いだせる。これは調味の差というよりは、太平洋のサケと大西洋のサケの、サケの肉そのものの相違ではあるまいかと思うのだが、どうであろうか?)

つぎに〝めし〟の罐詰類がある。『牛めし』、『とりめし』、『五目ごはん』、『赤飯』などである。これは見ただけでウンザリして眼をそむけたくなるのだが、説明書通りに熱湯につけてあたためて罐切りであけ、プラスチックのスプーンでしゃくってやってみたら、案に相違して、なかなかイケルじゃないかということに衆評が一致した。マグロの油漬、サバのサラダ油漬、カツオのフレーク味付などという罐詰には誰も手をだそうとしなかったが、これら〝めし〟類の罐詰はなかなか人気がよくて、つぎつぎと売れた。ボクチャンはやっぱり牛肉の大和煮が一番だといって力説しつづけたけれど、その声は、『とりめし』がいいか、『牛めし』がいいか、イヤ『五目ごはん』もなかなかエエとこいきよるでというような百家争鳴のガヤガヤにまぎれてよく聞きとれなくなった。ためしに調停案をだし、これら〝めし〟罐に大和煮罐の残りのオツユをぶっかけてみたらどうだといったところ、さっそく誰やらが実践し、ムー、イケル！　と叫んだので、ボクチャンもみんなも、そろってニッコリできた。総じて本日のささやかな罐詰探求から結論をだしてみると、罐詰もなかなかエエ、なかなかイケルということになった。これに非常時の飢渇をプラスしてみれば、乱ニ居テ治ヲ忘レズの味覚もかなりたのしむことができ、腹がふくれるのなら何でもエエ、酔いさえできるのなら酒は何でもエエ、というかつてのアナーキー、やけくそよりは、二歩も三歩もある段階で災厄が迎えられるらしいと判明した。罐詰業界も日本特産の過当競争でノタうちまわっていらっしゃるように拝見するが、その結果として品質の向上ということがあるらしいのだ。つまり善ナキ悪ハナシということになる。ただし、何度もくりかえすけれど、日頃からそれらをチャンと物置にストックしておくとしての話である。この点くれぐれも各位におかれては、経済状況に何不足ない国なのにつねに新鮮な小麦を一年分倉庫に貯蔵して国民にはいつも一昨年の古小麦のパンを食べさせ、それでいて国民に一言の反対も口にさせないスイス政府の用心深さと忍耐を念頭におかれるがよろしいかと、愚察する。イザとなってから政府をののしってみたところでしかたないのであって、不良少年もちょっとハラのあるやつは世の中が悪いんだというような免罪句は口にしないのである。こう書く以上、小生も昼寝をやめて、明日から罐詰を買いに歩きまわろうかと思っている。ただし、今日と明日が原稿の〆切りだから、明日はダメである。明後日から、ということであろう。しかし明後日は疲労困憊（こんぱい）しているだろうから、明々後日から、ということになるだろうか。明々後日は、ちょっと待てよ、誰かハッピーな若いのが結婚するとかで一席（スピーチ）のお粗末をやらなければならないのではなかったか……

洩れ承るところでは、出版社では牛込矢来町のS社が社内に防災委員会を設け、地下にプールやら食料庫やらを設けて用意おさおさ怠りないという。ある保険会社では乾パン二万袋、ミネラルウォーター四五〇〇本、食塩二四〇キロ、総じて都内在住の本社通勤の社員二五〇〇人とその家族の三日間の食料がストックしてあるが、その格納場所は都内十五カ所に分散してあって社外にはその地区は秘密となっているのだそうである。公表すれば難民がドッとおしよせるだろうから……というわけだ。そのおびただしい難民のなかには同社の勧誘員に口説かれたあげくの契約者もきっといることだろうと思いたいのだが、イザとなれば、防火鉄扉で〆出しさ。銀行もおなじこと。人情紙風船の時代の特質がまざまざと読みとれて肛門がヒリヒリしてくるじゃないか。何をいまさらお怒りになるか。はじめから誰もアテにするなと、申上げておるではないか。

それではこういうことを私に書かせる『諸君！』一同に、金は壺に入れてあるか、辞書にかくしてないだろうな、大和煮とコーンドビーフと乾パンとミツマメは、ミネラルウォーターはと、ひとつひとつたずねていくと、編集長の竹内ボクチャンをはじめ、全員、ありません、ございません、知りません、存じませんと、口ぐちに明快にいってのけた。では、文藝春秋社そのものとしてはどうであろうか、プールは、自家発電装置のポンプは、乾パンは、サケ罐は……と、クドクド、たずねていくと、全員声をそろえて、ありません、ございません、知りません、存じませんと明快な口調でくりかえすだけであった。つまり零細家内手工業（……工業？）の私と、大出版社とが、大震災に関するかぎりでは、カミカゼ的暮しであること、まったく変りがないということになるのであった。

いったいどうなるのだろう。

私たちは……

再出発を祝して、赤飯の罐をひらいた。

ピンからキリまで

いままでに食べたもののなかで

「……これは?!」

と思わせられたものが一つある。

朝鮮の人といっしょに食べた〝セキフェ〟と呼ぶものである。これはスゴかった。なにかというと、豚の子宮である。豚を解体するときには子宮をそっとつぶさないようにしてとりだす。子宮のなかには羊水が入っているから、ちょうど氷のうをとりだすような光景だろうと思う。とりだした子宮を羊水もろともミジンにきざむのである。それをガバガバと丼鉢にしゃくって飲む。子宮などはホルモン料理屋へいけばざらにあっていっこうにおどろかないけれど、目のまえにだされた丼鉢のなかによどんでいる水が生の羊水だと聞かされたときには、いささか動揺した。

私は朝鮮語をよく知らないけれど、〝セキフェ〟の〝セキ〟は赤ン坊、〝フェ〟は刺身、つまり〝赤ン坊の刺身〟という意味なのだということを聞かされた。そして正真正銘、本場本格の〝セキフェ〟となると、子宮だけでなしに、胎児の入ったままの袋をひっぱりだして骨も肉ももろともにミジンにたたきつぶし、羊水といっしょにゴクリと、これまた生のまま食べるもので、これこそは朝鮮料理の王様である、ということも聞かされた。とりわけ胎児の目玉が厚い粘膜に包まれてつぶしきれずにヨロヨロと丼鉢のなかにただよっているのをゴクンとやるときの、その、のどごしのなめらかさ、まろやかさ、美味求真、ああ……と相手は私の腕をつかまえて一晩じゅうメンメンとかき口説いた。彼はその本格モノがいま目のまえにないことを嘆いて私が盲目で不幸であるといってくれたが、はたして目をあけて幸福になったものかどうかは、もう少し考える時間がいると思った。

私はどんなものでも食べる。大阪生まれのせいだろうか。食べることには目がない。朝、目をさまして、まず考えることは、さて今日はどんなものに出会えるだろうかということである。あれはどうだろう、これはどうだろう、熊掌燕巣（ゆうしょうえんそう）、ふとんのなかで目をパチパチさせながら想像を走らせるときの楽しさったらない。だいたい食物の幻想にふけっているときは精神をほぼ完全に空白にしていられるから、食物の幻想のわかない朝は私にとってあまりいい朝とはいえないのである。もちろん幻想にしたって、いくら熾烈でも、ベッドから一歩でたらたちまちケシ飛んでしまうのだから、なかなかじっくりと楽しんでいられなくて、ざんねんなことである。

いままでのところ私の食べたどん底は〝セキフェ〟だが、頂点はなんだろうか。靴の半皮ほどもコッテリと黒パンにのせてレモンをしぶいてアングリやったキャヴィアか。つめたい生ビールといっしょにやったパテ・ド・フォア・ド・グラか。横浜南京街のカニ。新橋〝白梅〟の広島カキ。福井で食べたツグミの焼きとり。富山のハタハタ。北海道の柳葉魚（シシャモ）。その他、その他、いつでもどこでも〝決定的瞬間〟を味わった。肉体は軽薄なものだ。たえず流れうごいてとどまらず、一つのものに節をたてない。なにがいちばんうまいかと聞かれても答えようがない。パテ・ド・フォア・ド・グラはフランス人にいわせればよだれものだそうだし、それはそれで納得はいくが、しかしこれだって広島カキととりかえようといわれればいつだってとりかえられる気がするし、キャヴィアは貴族趣味の象徴だけれど札幌のスジコをもちだしてどうだといわれたらたちまち王座はグラつきだしそうである。

ただ、食べることだけから見ると東京はまったくしらじらしいところのような気がする。とりわけ、あの、ラーメン。あれは、もう、なんとも最低とよりほかにいいようのないしろものである。東京へでてきてはじめてあれを食べたときには、呆れてしまった。なんと平均点の低い街だろうと思った。その後ずっとこの鉄火場のような街に住んで火事場泥棒の暮しを強いられ、いろいろと街の〝空気〟というものを知るに及んで、ここにも食おうと思えばうまいものはいくらでもあるということがわかった。しかしそれはたいていの場合、たとえば『浜作』だとか、『鶴の家』だとか、『ケテルス』のザウエルクラウトをたっぷりそえた豚の足だとか、『ブルニエ』のブゥイヤベーズだとか、ナンだとか、カンだとか、つまりお金をださなければダメだというようなものばかりなのである。街をブラブラ歩いていてなにげなく入るウドン屋ならウドン屋、すし屋ならすし屋の、その任意抽出の平均値というものは、まるでお話にならないくらい低いのである。これは何年たってもかわらない。私のような食いだおれの街から来た人間だけがいうのではない。聞いてみれば十人のうち七人までがそういうのである。それというのも、この東京という街は他国者のエネルギーでうごいている、いわば〝植民地〟だからである。もちろんいい魚や肉が豊富に安く出廻らないからという条件は無視できないけれど、しかし、いずれにしてもなにしろ味気ない街であることに変りはない。

どうッてことないゲテ料理

〃セキフェ〃というものをごぞんじであろうか。朝鮮の詩人に教えてもらったのだが、朝鮮語で〃赤ン坊の刺身〃という意味なのだそうである。朝鮮料理の本邦における元祖だという大阪の猪飼野にある店で食べたことがある。ブタの子宮を胎児ごとまるまるとりだし、包丁でトントントンとタタキにするのである。子宮、羊水、胎児、その肉、その骨、何もかもをトントンとたたき、ドンブリ鉢に入れて、ツルツルとすする。すべて生のままであって、煮もせず、焼きもしないのである。

とりわけこの料理は胎児の目玉の浮いているのがよろしいという。胎児の目玉は粘膜で包まれているからトンとやるとツルリとすべる。またトンとやる。ツルリとすべる。そこでタタくのをあきらめ、ドンブリ鉢にそのまま浮かべて供すのである。ぜひぜひそれを食べたいと私はいったのだったが、あいにくその日は切れていて、ざんねんであった。

〃セキフェ〃は焼肉のあとで食べてみたが、ドンブリ鉢のなかに正体の知れぬ白いコマギレが何やらモロモロとよどんでいる。それをジャボジャボ、ツルツル、匙ですくって食べるのである。詩人とそのまわりにいたアパッチ族たちは、ドンブリ鉢を奪いあいしながらすすり、アッというまになくなると、「うまいもンは少いなァ」と嘆息をついた。淡泊。かすかに塩味。血臭もなく脂臭もなく、なかなか上品なものであった。私がそういうと詩人は感動し、「これは日本料理のお澄しみたいなもっで、口なおしや」といった。そして、コレを食べたら三日間は俯向いて寝てられへんデ、あんた、といった。そこで私は大いに期待していたのであったが、べつにどうッてことは起らなかった。

きだ・みのる氏は美食家で大食家である。カタツムリを食用にわざわざ養殖しているので、食べにこいよといわれたことがある。

氏の無政府主義的な自由人気質（大賛成！）よりしてとても〝養殖〟などというシチめんどうな組織的行動は想像がつかないので、気違い部落の草むらのをちょこちょこと拾ってくるんでしょうといったら、彼はビクともせず、おまえはバカじゃないか、カタツムリは養殖にしろ天然にしろ毒はないんだ、これはハッキリしている、ファーブルがそういってるのだ、おれは『昆虫記』の翻訳者だ、読みなおしたまえ、といった。

無学を大いに恥じてムッシュウ・ル・フゥが林達夫氏と共訳した岩波文庫を読もうと思っているところへ電話があり、ブタをまるまる一匹野焼してやッからでてきなヨという。そこで安岡章太郎とつれだち、明治屋でシャトォ・イケムの当り年のを一本買い、気違い部落まで繰りだした。ムッシュウはわれわれを納屋のような小屋につれこみ、七輪に洗面器をのせて、ブタの肋肉（あばらにく）一枚をドテンと入れた。そしてニンニクをしこたまほうりこんだ。セ・トゥ。それだけである。ムッシュウはこれでいい、これでいいのだといった。安さんは毛布にくるまってカリエスがでそうだとガタガタふるえながらも、すごい、すごいと、お世辞をいった。

その頃、ムッシュウには歯が一本しかなかった。日本語がよく聞きとれなかった。それでいてフランス人と話してるのを聞くと、十八歳の朝の少年のようにういういしくみずみずしいのでおどろかされた。ムッシュウはその一本歯で肋肉をモグモグと二、三度噛んでからゴクンと呑みこんだ。それだけであった。けっしてソシャクなどという組織的行動はやらなかった。そしてモグモグゴクン、モグモグゴクンを繰りかえしつつ、やぶれかかった天井を仰いで、コレを食ったらとても、おまえ、山で独身生活などしてられねえよ、鼻血がでます、どうしても町へ走るってことになるわナといった。

われわれは大いに感動しながらも、ほんとかナ、ほんとかナといいつつ下山した。翌日、安さんに電話したら、下痢して困ってるワということであった。私は私でいっしょうけんめいフトンのなかで待機していたのだが、べつにどうッてことは何も起らなかった。

ヘビがいいという。日本人も中国人もフランス人もそういう。マムシ酒は日本にも中国にもフランスにもある。陶陶酒の本店が経営しているレストランへいくと、マムシのカバ焼、マムシのハンバーグ、マムシの御飯など、いろいろと食べさせる。もちろんマムシの生血や心臓など、スッポンの『大市』とおなじように赤玉ポートワインといっしょにして飲ませてくれる。フランスのマムシ酒は日本とおなじようにオー・ド・ヴィー（焼酎）のなかへヘビを一匹丸浸しにしたものである。香港のはもっと凝っていて、生きたヘビ、それも三種類の肝臓を目のまえでえぐりだして茶碗酒で飲むのである。『蛇王林』という屋号の店である。小さな、薄暗い土間にヘビを入れた木箱がたくさん積んである。そこへぬッと立って、何やら、頼もうと声を出すと、いい兄さんがでてくる。兄さんは木箱からつぎつぎと三種類のヘビをつかみだし――そのうちの一種は黄と黒のだんだら縞で、《インドシナ・ネズミとり》とかいうのである――鋏で腹をブッッとやぶる。これがなかなか熟練の早業で、ベルトの穴をさぐりあてるより速く的確に指さきでピタリ。そこへ鋏をプツリ。チュッと肝臓をおしだして茶碗のふちにくっつける。

三つの肝臓をしぼりだすと、そこへ蒸溜酒（五糧液か茅台酒かは聞き忘れた）をつぎ、肝臓をつぶして、こねて、かきまぜる。それをゴクッと呑みこむのである。少しホロにがいが、くさくも何ともない。兄さんはニコニコ笑って腕に力コブをたててみせる。パリの場末のあの酒場とおなじだ。あそこでもおやじがコントワールの向うで私の顔を見て力コブをつくってみせた。

肝臓をぬかれた三匹のヘビはまだ生きていて、麻袋のなかでピンピン跳ねる。それを兄さんは袋ごとわたしてくれて、向いの店へ持っていけという。向いの店は龍屋であって、ヘビの寄せ鍋(なべ)をやっているのである。こちらでツブして、あちらで料理しようというわけである。客は麻袋を持って道をこえ、のこのこと向いの店へ入っていく。私はそれほどうまいとは思わないけれど、龍虎鍋は珍しさで定評がある。龍（ヘビ）、虎（ネコ）、それに鳳凰（ニワトリ）を入れて、クックッと火壺鍋にしたものである。冬がよろしいとか。

スキな人は、一度『蛇王林』へおいでになってみてはどうか。アドレスと電話番号は左のようであります。

She Won Lam　蛇王林
82, Jervois St.　上環乍畏街八十二号
Hong Kong　香港
Tel. 438031・438032　蛇業電話　438031・438032

ヘビの生肝を三匹呑みこんだあとでクマの掌を食べにでかけ、ウンックッ、ウンックッ、今夜はよほどの不思議があるにちがいないと微笑しながらパーク・ホテルへもどったが、べつにどうってことは何も起らなかった。夜ふけに秋元君がベッドからドサッとおちて壁とベッドのすきまへしゃにむにもぐりこんでいっただけであった。

彼がその日の午後、ライカM―3を買いに出かけた留守に私は老いたるボーイにすすめられてホンコン・マッサージなるものをためし、いささかのお水をぬきとられたあとだった。きっとそのせいであろう。それにちがいない。おそらくそうである。

ルーマニアの運転手にいわせると歯ならびのわるいやせたハンガリア女ほどはげしいのはいないそうである。私がさんざん飲み食いしたあとでデザートにスモモのコンポート（スモモの砂糖漬の油揚げ）がでたのを見て音をあげると、運転手イオンはにんまり笑い、これを食べたら女を二人相手にできる、食べなかったらハンガリア女に眼をぶたれるにちがいないといった。

妙なことをいうと思って問いただしてみると、そんなタヨリない男と寝たのがはずかしいから見られたくないとハンガリア女はいうのだ、ということであった。なかなかいい表現だ。牧歌ですよ。気に入った。いつか、どこかで、使いましょう。

戦前は〝赤いリボンとポルト〟がパリの口説きの秘訣だとされていた、というのである。〝赤いリボン〟とはレジォン・ド・ヌールの綬の色、それにポルトの甘く強いのを飲ませたらオンナはぽんぽんおちたもんだと、老いたる通はいうのである。

けれど、若者たちにアタってみたら、誰も鼻でせせら笑った。レジォン・ド・ヌールも戦後はやたらに乱発したから、すっかり魔力がおちてしまったものらしい。

ポルトよりもシャンパンがランデヴーにはいいのだと、よく聞かされる。あの軽快な黄金色の沸騰性白ぶどう酒をシャボン玉のように浮かびあがらせるというのだが、サテ、ためしたことがないので、よくわかりません。

或る若いフランス人といっしょに昼飯を食べていたときシャトォ・ブリアンにコショウをぼりぼりとふりかけたら注意されて、女といっしょのときにそれをやってはいけないよといわれた。なぜと聞くと、フランスではコショウはアレにいいとされているのだ、ということだった。女友達をつれてレストランでビフテキを食べるときにコショウをゴリゴリひくと、さァ、これから一発やッか、というデモンストレーションになるのだ、ということであった。

ほんとにそうなのか、どうか、そして、ソレが事実キクのかキカナイのかは、よく知らないのだけれど、とにかくそういうことになっていると彼がいった、ということを私がここにつたえているのである。

ヘビもいいがウマもいいという説がある。ウマのスキヤキや刺身はよく知られているが、タルタル・ステーキもようやく知られてきた。これはウマの肉をミンチにしたのをたいてこねて、こねてたたいて、何時間も、練れば練るほどうまいということになっている。それにニンニク、サフラン、ヴィネガー・ソース、ナニやらカやらをかきまぜて供すのである。

深川森下町にあるサクラ肉屋さんはカマボコの板ぐらいもある下足札を玄関でわたしてくれ、なかなか楽しい店で、味噌を入れてくさみを消したウマのスキヤキがたいへんうまい。ここではウマの刺身も食べられる。ほかにこの店で愉快になるのは男便所の鏡である。朝顔の行列の上に細長い鏡がよこに張ってあって、お手もとの持ちモノがまっすぐ顔をたてたまま眺められるようになっているのである。なにげないそういうオトボケのユーモア精神がいいのである。〝みのや〟のこのユーモァこそ、ほんとに、〝シック〟といっていいものなのである。どうだ、今夜、便所めあてにいっちょう繰りださないか。

ヘビ、カエル、ウマ、クマ、ネズミ、ブタ、子宮、キンタマ、羊水、蹄、脳味噌、面の皮、髄、そして或る年の香港ではゲンゴロウも食べてみたが、ドレもコレも、べつにどうッてことはなかった。

だいたい、モノにたよるようになってはいけないものらしい。骨董いじりとおなじではあるまいか。のんのんズイズイとはずんでいる人はけっしてアレがいいとか、コレがいいとか、そんなことはいわないものである。どうも、そうらしいよ。そういうことはとっくにみなさまもごぞんじである。べつにどうってことはないのである。

だから私も、今夜、女友達（アムールーズ）をつれてレストランへいき、ビフテキにコショウをぼりぼり、ゴリゴリとふりかけるつもりである。どうってことはないのだから。

食べる

思案に暮れたときはあせらないことだ。それをカブト虫のように頭のまわりを飛ぶままに飛ばせておけ。ただし紐だけはしっかり手に握っておくことだ。やがてカブト虫はくたびれて落ちてくるから、そのとき手にとって眺めたらいいのである。アリストパネスは劇中の人物の一人にそういわせている。正確、痛切な比喩であり、名句の一つだと思われる。いま私は思案、憂鬱、不安、妄想、怒り、さびしさ、さまざまなものを抱いて窓ぎわで酒をすすっているが、それらには形をなしているのもあり、いないのもあり、原因が明瞭すぎてやりきれないのもあり、朦朧すぎて耐えがたいのもある。けれど、それらはいましばらく頭のまわりを飛ぶままに飛ばせておかねばならないので、ここに書くことができない。書けば刺すことになるからである。

そこで、いわば〝紐〟にあたることを書いてみる。これなら書いてもいいようである。前号でスタインベックの『朝食』をマクラに使い、これは朝の野外でベーコンを食べる話だったから、今度はマクラではなくてボディーとして食べものの話を書くことにする。この種のことを書いて妙技をふるった一人にチェーホフがあり、読んでいて思わず眼が細くなりそうな描写があるが、女と食べものが書けたら小説は成功だということになっていて、どうやらそれは三大原則の一つと思われるから、日頃からよく私は練習しておかなければいけないのである。

『暗夜行路』の一節には女のことを形容して、どこか遠い北の海でとれたヵニを思わせるようなところがあった、とあった。これを読んだのは子供のときで、しかも戦時中のことだから、ヵニのような女とはどんな女なのだろうと考えたが、まったく手がかりがなかった。その描写のうしろには讃嘆がこめられているらしき気配なので、子供は本を読みながら、遠い北の海でとれたヵニはどんな味がするのだろうと考えたり、それから、そんな味のする女とはどんなことなのだろうかと考えたりして、ずいぶん迷った。食べるものといってはマメヵスやハコベばかりだし、〝オンナ〟となると母親が女であるとわかってるくらいで、それすらモンペと防火頭巾に身を固めてマメヵスやハコベを食べつつ泥まみれで防空壕を掘っているのだから、そのよこへいって〝かあちゃん、遠い北の海でとれたヵニを思わせるようなところがある女てどんな女やねッ？〟などと聞けたものではなかった。そこで志賀直哉氏の比喩は〝ヵニ〟と〝女〟の二極に分解したまま以後かなり永いあいだ漂いつづけた。

そのうちにヵニを食べられるようになり、食べるたびにこの比喩のことを思いだしたが、タラバガニの罐詰になっていない生（なま）のを食べても、毛ガニの〝本場直送〟でない本場そのものを水揚げしたばかりのところで食べても、それぞれの冷たい白い肉にこめられた滋味は滋味として賞味しながらも、どこかで直感は、これではない、こうではないとつぶやきつづけた。それが、コレダ！……となったのは冬の日本海の波が二階の窓までやってくる越前岬の漁師宿で、とれたての松葉ガニを食べたときだった。

ついに謎の半ばはわが手に落ちた。いまではそのカニのことが書けそうである。赤い、大きな足をとりあげて殼をパチンと割ると、なかからいよいよ肉がでてくる。それは冷たいけれど白く豊満で、清淡なあぶらがとろりとのり、赤と白が霜降りの繊鋭な模様となって膚に刷かれてあり、肉をひとくち頰ばると甘い滋味が、冷たい海の果汁が、口いっぱいにひろがる。これを高級料亭のようにおちょぼ口でやってはいけない。食べたくて食べたくてムズムズしてくるのをジッと耐えながらどんぶり鉢に一本ずつ落していき、やがていっぱいになったところで、箸いっぱいにはさみ、アア、ウンといって大口をあけて頰ばるのである。これである。これでないといけない。超一流品を車夫馬丁風にやる。その痛快味が手伝ってくれるので、ヒリヒリしてくる。さてそれからサラリと澄みきった辛口をひとしきりすすり、窓ガラスをたたきやぶりそうな北の海の音を聞き、かなたにひしめく厖大な暗い激昂を思い、まだ手に落ちていない謎のもうひとつの半ばを考える。おそらくその女の眼は秋のようであるだろうと考える。その腿はまさにこのようであるだろうが、抱いたままじっとしているとやがて冷たい白い肉の芯部から、雪洞に灯を入れたように熱がいっせいに放射されてくるのであろうと考える……

「先生、貧乏人はモノの味をよう知っとりまっせ。貧乏人ほどうまいもん食うてまっせ。

負けますワ。そらゴッイもん食べたはる」

いつか『辻留』主人の辻嘉一氏がそう話してくれたことがあったが、これは一つの核心をついている。

この〝ゴッイもん〟を手荒く料ってはあるがうまいものと解するか、栄養たっぷりでうまいものと解するか、それとも文字通り見た眼にも食べた舌にもゴテゴテと肉厚でモノそのものが凄くて、繊細さにくたびれてすれっからしになった味蕾には耐えがたく感じられる、そういう意味で〝ゴッイ〟ものと解するか。それとも分析はどうでもよろしい、とにかくひたすら〝ゴッイ〟としかいいようのないものと解するか。海外にその範を求めよ、といわれたら、その場で〝支那粥、モツの入った支那粥！〟と答えたい。これは〝中国粥〟と呼んでもいいけれど〝支那粥〟と呼んだほうがピッタリくるのでそう呼ぶのであって、〝支那〟は蔑称で〝中国〟が正称だとする言語感覚でそう呼ぶのではない。私はこの粥がたいへん好きで、〝渾沌未分〟という観念を一鉢のどんぶりにみごとに具体化してみせたその手腕には毎度感心させられるばかりである。

香港、シンガポール、サイゴン、バンコック、東南アジアならどこでもよろしいが、例によって不潔で旺（さか）んで貧しいが活力にみちみち、町を栄養と騒がしさで構成することにかけてはイタリア人と並んで無類の手腕を発揮している華街を歩く。そして時計屋の看板を見て『海王牌』とあればオメガの『シーマスター』のことだなとしばらくたってから思いあたり、ヘンな金髪女が裸で踊っている看板を見て『法国肉弾』などという字があれば、これはストリップ小屋で、いまフランス女がストリップをやってるのだなと察する。そうこうしているうちにきっと露地の入口あたりで湯気をたてている屋台が見つかるから、そうなると、いきなりかけつけないで、何台もの屋台のうちで人がいちばんたくさん集って、食べたり、しゃがんだり、しゃがみつつ食べつつあったりするのはどれかと、眼をこらして選ぶ。

あなたにさしだされるのはふちが欠けてギザギザになったどんぶり鉢である。それを把握しているのは爪が垢でまっ黒であるうえに何やらびしゃびしゃ濡れた、やせて筋肉質のたくましい指である。どんぶり鉢のなかではお粥がホカホカと湯気をたて、何片もの渾沌物が浮沈している。そのどんぶり鉢をもらい、ひきつれたような笑顔をつくって垢だらけのお箸を「好(ハオ)、好(ハオ)！」といってもらい、ゴミ箱のかげにしゃがみこみ、輪タクの運ちゃんや正体不明のおっさんが肩を並べてこちらを見てニタリ、歯ぐきまで見せて歯を剝(む)きだして笑うのにニタリと会釈しかえす。あなたがどんぶり鉢をすすっているうちに眼はうるみ、鼻はゆるみはじめる。やせこけたニワトリが足もとによってきてせかせかと残飯をあさりはじめる。壁の立小便が匂いはじめる。おっさんの誰かがチンとみごとな手練で洟(はな)をとばす。

昨日、あなたはパリにいた。フィンテックスの背広とランヴァンのネクタイで身を固めて高級料理店に乗りこんだが、何しろ日本人なのですみっこの壁ぎわに席をとり、肩をぴったり壁にくっつけ、おどおどしているくせに何やら傲慢なまなざしであたりを眺めていた。オレンジを添えたカモは赤帯物のぶどう酒といっしょに食べたはずだが、その味をあなたはまったく思いだすことができない。いまあなたのまなざしはおどおどするばかりである。けれどどんぶり鉢をひとくち、ふたくち、フウフウ汗にまみれてすすっているうちに、昨日傲慢が自信なさそうにすわりこんでいた箇所に、もしあなたがほんとうにモノの味のわかる人ならですよ、愉悦と愕きが射してくる。愕きはやがて感嘆に変っていく。あなたが箸でつまんだのは牛か豚かの、胃、腸、肝臓、腎臓、心臓、子宮などであったが、それが完璧に血抜きされているのでヘンな匂いがどこにもなく、とろとろに煮とろかされ、いうべからざる一抹の固有性と滋味をそれぞれに保持しつつお粥のなかにとけこんでいる。あくどさの極と思われるモツが淡泊の極と思われるお粥にみごとにとけあっていることを知らされ、あなたは〝相反併存〟が分裂ではなくて歓びであることもあり得るのだと、ふいに教えられた気持になるのである。それは本能の英知によるのだと教えられるのである。

　東南アジア産の米は炊くと腹が割れてパサパサで味気ないと、たくさんの日本人がいう。私もはじめのうちはそう思っていた。しかし、さまざまな場で、さまざまな感情で、さまざまなオカズといっしょに食べるのをかさねていくうち、たいへんな誤解をしていたとさとった。この米はたしかにパサパサで、粘りがなく、炊くと腹が割れてしまうのであるが、お粥と、それから、これは特筆しておかなければいけないが、炒飯、ヤキメシにすると、ふいにこの米の特性が生きてくるのである。易しいように見えて深奥な料理は、西洋料理ではシチュウとスープとビフテキ、東洋料理では麵とスープとヤキメシ、中近東料理ではシャシリクであろうかと思われる。すべて単純なものほどむつかしいというのがこの道でも鉄則となっているかと思われ、それゆえスシ屋はネタと米の仕入れに沈潜した熱狂を発揮しつづけなければならないが、うまいパンさえあれば何でも食えるということでパリは白人料理の太宗となった。おなじ鉄則の発現である。

ヤキメシのひとつにスペイン料理の〝パエルラ・ヴァレンシアナ〟がある。これをアジアの〝チャーハン〟と比較してみると、ずいぶんちがうところがある。ニワトリの肉や貝やときにはキノコや、さまざまなものを入れて仕上げるところは双方とも〝ゴモク〟で、変らないけれど、いっぽうはバターやオリーヴ油でイタめ、いっぽうはゴマ油でイタめる。オリーヴ油は重くてにぶく、ゴマ油は軽く香ばしい。土台になる米そのものの決定的な相違がある。そこで、双方ともにいま完璧なヤキメシが作られたとする。日本のも入れてである。その場を想像して、私が審査員になって一匙ずつ食べたとすると、やっぱりヤキメシは東南アジアだということになろうか。米が軽くて、軟らかく、まったく腹にもたれず、ゴマ油の軽さや華やかさとまったくよくあい、〝ゴモク〟を圧倒しないでいるからである。この米が日本でバカにされているのはこなしかた、つまり料理法が知られていないためであり、同時に、ヤキメシがいかにむつかしいものであるかがまったくさとられていないためかと思われる。日本産の粘っこい米はそれなりにみごとな料理を生みだしたが、その米で〝南京米〟のヤキメシのあのさりげない軽さに到達するのは容易なことではないのである。ヤキメシのメリットは軽さにあるのだ。そこがさとられていない。ゴハンをイタメさえしたらいいのだと思われている。つまり芭蕉の国なのに〝わび〟と〝さび〟のほかに〝かるみ〟もあると申されたことを、忘却しておるのだ。易しいものほどむつかしいということがこの一点では忘却されておる。

ヤキメシはお米がべたべたニタニタするようなイタメかたをしてはいけない。焦げてもいけないがべちゃべちゃしてもいけないので、あくまでもかるみをもってフワリと仕上げてほしいが、ねっちりして容易に腹を割らない日本米ではきわめてむつかしいものだという覚悟と諦念をチラとでも料理人が見せてくれたら、実物はどうでも、それだけで満足することとし、あとの大半は東南アジアの下町で食べたヤキメシの記憶を喚起することで皿を補うこととする。

〝易しいものほどむつかしい〟の極致は生食にあるかと思われる。これをさとったのはかならずしも日本人だけとはいえない。アテネの外港であるピレウスにトリコリマー・カステーラという、そそっかしくて経験豊富なのが聞くとたちまち何やら品のわるいバイ菌を連想したくなるような名の港町では、アカ貝やアサリやハマグリなどを殻つきのまま持ってきてレモンをかけて食べることをすすめてくれる。冬のパリでは町角に屋台をだして海藻の匂いをあたりにみなぎらせつつウニやカキをその場でこじあけたのにレモンをかけてさしだしてくれる。北欧なら港町の波止場へ朝早くレインコートの襟をたてでかけていけば、やがて漁から帰った船がフィヨルド・シュリンプといって日本の芝エビよりまだ小さいエビを湯がいて殻をむいただけで新聞紙に盛り、パラパラ、塩とコショウをふりかけて、売ってくれる。それらは寒さやさびしさに絹糸のようにまつわりついてくる記憶で、とうてい忘れようにも忘れようがない。それから、獣肉については、これは日本のショウガ醬油で食べる諏訪の〝バサシ〟（馬の刺身）や、クジラの刺身と匹敵するものとして、いささか人工を加えすぎる嫌いがあるけれど、〝タルタル・ステーキ〟がある。

近頃は牛のヒレ肉が多いらしいけれど本来は馬の肉をミンチにしたヤツに卵やニンニクの刻みやコエンドロやニッキやコショウや、さまざまをふりこんで、あらかじめ練りあげてあるのをもう一度皿のうえでフォークとナイフでかきまぜ、練りあげる。それをパンへものうげにナイフのさきでしゃくって、熱中をかくしながら、やおら、パクリと頰ばる料理である。〝生食〟国に生まれて育ったものの一人として私はたいていのものを、〝ゴッイ〟か、〝薄い〟かは別として、すすめられるままに食べられると思っているし、食べようとも覚悟している。食べつづけてもきた。けれど非凡な独創家はどこにもいるもので、けっして満足してはならないのだと教えられるのである。香港の屋台の行列になにげなく並んで、順番が来たときに新聞紙の三角袋へゲンゴロウの油イタメを盛ってだされたときには愕然とした。

また、サイゴンのバーで、美食の美食として、〝二週間め〟とか〝三週間め〟といって、卵黄がすでに内部でヒヨコになっているのを殻を割ってそのまま食べなさいとさしだされたときにも、愕然とした。殻を割ってみると、黄身とも雛とも、けじめがつくようでもあるがつかないようでもある渾沌物が、すでに羽根やくちばしを粘塊のなかに示している。そいつをロウソクの光のなかで一息にグッと呑み、モグモグと嚙み、羽根とくちばしを、指でおっとりとつまみだして、それからおもむろに、何気ない風をよそおって、ものうげにポイ、肩ごしにうしろへ投げるのである。これがあの国のサヴァラン（食通）のしきたりだというのである。

私はいわれるままものうげに殻を割り、中身をすすり、もぐもぐし、やがて口からモサモサしたのをつまみだし、ポイ、肩ごしにうしろへ投げた。何を食べたのやら、呑んだのやら、まるで見当のつけようもないのだが、胸もとへグッとくるのをこらえて、〝コニャック・ソーダ〟をひとくちすすったあと、酒場英語で

「ノー・キャン・ドゥー（あかん）」

といった。

もうひとつ、酒場ヴェトナム語で

「ディンキー・ダウ（気ちがい）」

という。

どれもこれも身上をたずねてみると悲痛をこめたさりげないアジア的静謐のまなざしで、きまったように、〝私は二十四歳、夫は三ヵ月前に戦死したの、ベビーさん一人〟と答えかえす女たちが、苦しんでいる私を見て、声高くワッと笑いそやす。

続・食べる

食べる話をつづけます。

前号で支那粥をゴミ箱のかげにしゃがんで洟水をすすりすすり食べることを書いたが、このお粥はモツだけでなくて、エビの団子を入れたのや、ライギョの生身を入れたの、さまざまである。それぞれの風味がある。しかしモツの五目を入れたのは箸に何がひっかかってくるかわからないという楽しみが手伝ってくれる。袋の一部らしいのや管の一部らしいのを見て、ハテこれは何だろうかと考える。それをそのまま食べてもいいのだが、私は棘油や、酢漬けのトウガラシを醬油に落したものなどに一度浸してからお粥といっしょにすするのを〝很好（ヘンハオ）（とてもいい）〟としている。そのとき油条（ユーチヤオ）（ゴマ油で揚げた棒パン）を少しずつちぎって入れるとさらによろしいね。油条はゴミ箱のかげでしばらく待ってるとどこかそのあたりから天秤棒に竹籠をさげた元気なお婆さんがあらわれるから、それから買えばよろしい。

わが国でモツ料理といえばヤキトリか煮込みしかないので残念である。シオカラやショッツルやクサヤなどが発達しているのにどうしてモツが未開状態にあるのだろうか。フランス料理と中国料理では内臓料理は珍味として独立し、鬱蒼としたジャンルになっている。南方には〝飲茶（ヤムチヤ）〟といって点心類を楽しむ習慣があるが、〝焼売（シユーマイ）！〟〝蝦餃！〟と呼んで売り歩く少女の首からさげた箱のなかを覗くと、小皿にモツの煮たの、燻製にしたの、油で炒めたの、醬油に漬けたの、さまざまがあって、どれにしようかと迷うのは心はずむことである。フランス料理では〝カーン料理〟と呼ばれるトリプ（胃袋の煮込）がその代表であるが、このとき舌にのこるこってりを静かに洗うのに〝ヴァン・グリ〟なるぶどう酒を飲むのが習慣であるらしい。ぶどう酒は大別して泡、赤、白、薔薇とあるが、この〝灰〟と呼ぶのはロウソクの灯にすかしてみるとけっして灰色ではなくて微妙な金の閃めきの見えることもあるぶどう酒だけれども、どうしてか〝灰〟と呼んでいる。この料理ではそのぶどう酒がつき、モツがほかほか湯気をたてて壺に入って登場する。それを見ると手をこすりたくなる。

魚の卵では食べてまずいものがまずあるまいと思われるが、キャヴィアはどうだろう。これはカスピ海産の逸品とされ、事実、うまいものだが、黒海産のもズンとよろしいのである。それも灰緑色の大粒で、ほとんど生に近く、ねっとりと糸をひくようなのがいい。どんぶり鉢にキャヴィアをいっぱい入れ、その中央にどっしりした古金貨を一枚、そっとのせ、その沈みぐあいでキャヴィアのよしあしを判定する方法があると、モノの本で読んだことがあるが、私はそんなことはしなかった。黒パンにバターをぬり、そこへキャヴィアを靴の半革ぐらいの厚さに惜しみなく盛りあげ、新鮮なレモンをひねる。すると、レモン汁の酸とキャヴィアの脂が反応しあって、見る見る表面が白くなってくる。それを威張るのでもなく飽き飽きというのでもない、一種の充実したもののうさをさりげなく浮かべて――内心ワクワクなんだけど――アア、ウンと大口あけて頰張る。毎日そうやって食べた。明けても暮れてもルーマニアではそうやって食べた。一生分、いや二生分ぐらいをルーマニア作家同盟に食べさせてもらった。私はあの国に暴動が発生したという記事を読まずにすませたいものだと思う。

ところでわが国に〝陸(オカ)キャヴィア〟があるのをごぞんじだろうか。東北出身の人にはなつかしいものの一つだと思う。キャヴィアはチョウザメの卵だけれど、これはホウキ草というものの実である。仁丹ぐらいの大きさだが、小粒のキャヴィアそっくりの色をしている。この小さな草の実に水が入っている。味も香りも、とりたてていうほどのものは何もない。けれどこれをヒリヒリするような辛(から)い大根おろしにまぜ、ちょっと醬油をかけてから、熱(あつ)あつの御飯にのせ、ハフ、ハフといいながら頰張ってごらんなさい。かわいい草の実が歯にあたってプチン、プチンとはじけ、水がとびだし、おろしの痛烈な爽快とまじって、思わず微笑がこぼれおちる。これは〝トンブリ〟と呼ばれているが、東京の民芸料理店で試食してから東北の山へでかけ、宿のおかみさんにくどいほどトンカツをだしちゃいけないよ。トンブリだよ、あなたがイロリばたで食べてるあのトンブリだよとせがむことである。彼女たちは私の記憶のままだと、そんなものは客にだせないと思いこみ、いたく恥じている気配があるから、面倒なようだとズカズカ、イロリばたへいってすわりこんでしまうことである。この小さな草の実にあの峻烈な東北の山峡の空気をそのまましぼってできたものが入っているようである。

こうした山のものは海のものとおなじで、体を現場にはこばなければどうにも本質の玄味がつかめないところがある。獣や、ある種の大きな魚の肉は、とれたての新鮮よりは何日かおいて自家分解がはじまってとろりとなりかけたあたりがおいしいので、むしろ都会にいたほうがおいしいのにありつけるが、山のもの、ことに山菜の高貴なホロにがさにありつこうとなると、イワナ釣り装束に身を固めたほうが早いようである。

昭和四十五年、銀山湖にこもったとき、私はフキのトウ、ヤマウド、アケビの芽、コゴメ、ミズナなどのとれたてをウンと食べて探究にふけった。山菜はそれぞれの時期がきわめて短いので、ワッとでたときにワッと食べることである。データーが豊富であるほど評価が正確になるのは医学と同様であるから、雲古が緑になるくらい食べてみた。村杉小屋のたくましくて心優しいかあちゃんが裏山かどこかで摘んできてはさあ食べろ、さあ食べろというので、いわれるままに食べてみたのである。その結果として私はかねてから抱いていた予感をコトバにできるところまでいったような気がした。物には〝五味〟などというコトバではいいつくせない、おびただしい味、その輝きと翳（かげ）りがあるが、もし〝気品〟ということになれば、それは〝ホロにがさ〟ではないだろうか。これこそ〝気品ある〟味といえないだろうか。ことに山菜のホロにがさである。それには〝峻烈〟もあり、〝幽邃（ゆうすい）〟もこめられているが、これほど舌と精神をひきしめ、洗い、浄化してくれる味はないのではないだろうか。

〝甘〟には寛容がある。〝酸〟には収斂がある。アレには解放がある。コレには豪壮がある。あちらには可憐がある、こちらには深遠がある。しかし山菜のホロにがさには〝気品〟としかいいようのない一種の清浄がある。この味は心を澄ませてくれるがかたくなにはしない。ひきしめてはくれるがたかぶらせはしない。ひとくちごとに血の濁りが消えていきそうに思えてくる。


マタタビの実もホロにがく、気品があって、酒のサカナにいいものだが、それにあう酒がない。日本酒のあのべたべたした甘さはやりきれないものの一つで、飲んだあと、ロいっぱいに蜜をぬったようになる。オトコの飲むものじゃない。甘さは安易な味で幼稚の代名詞だぐらいがわからないのだろうか。ヘリオトロープ系統の甘臭い香水も幼稚きわまりないものだが、そうしないと売れないとあれば客が幼稚だということになる。作っても売れないから作らないのだとなると、いくらか目ざめた客が蜜のようでない香水を買いにいっても失望するばかりだから外国品をあさるということになるのだろうか。

酒について考えてみると、何百種とあるカクテルのなかで飲んで飲みあきないのはドライ・マーティニだけで、音がするくらいに冷えきった、澄みきった、黄昏にすするその一杯はまさに傑作といいたい。この一杯をさらに澄明さのなかに深遠とふくみを持たせて完璧と化したいならアンゴスチュラ・ビターズを一滴落すことであるが、これがそれ、ホロにがさの偉業である。もともとこれは熱帯地方の薬だったものである。いわばセンブリの煎汁である。舌がねじれるほどにがい。けれど一滴は奇蹟を生じてくれるのである。

「……日本酒を甘口、辛口の二種にわける人がいますけど、私らにいわせると、〝辛口〟とはいわんで、〝うま口〟というんですわ。飲んで飲みあきん。もたれてこん。いきつかん。いつまでもさらさらと飲める。それが〝うま口〟ですねン。しかし、これが作っても売れませんのでナ。私らメーカーもそう思いこんで、つい易きについて、ベタ甘を作ってしまうんですわ。日本の酒飲みは堕落しましたワ。私もその一人ですけどなア。責任は感じてますのやけどなア」

いつか厳冬の仕込みのときに灘を訪れ、そのうち一軒の巨大酒造の重役氏と話をしたら、嘆くような、諦めるようなロ調でそう聞かされた。この酒造の作品はベタ甘派の乱立のなかでは珍しく節操高く〝うま口〟をめざしていると批評されている。その意図は作品のひとすりのなかに一脈うかがえそうなのだが、珍しいことだとは思うのだが、けれど、それすら〝あま口〟と感じられる。

巨大酒造のマスプロ作品はまずダメだと諦めたので、以後は地方の小酒造の手作りクラスの作品のなかにひょっとして雪のようにさらさらと清淡、剛直な〝うま口〟があるのではないかと思い、田舎の宿に入るたびにその土地の地酒を飲んでみることにしている。フランスなら《ヴァン・ド・ペイ》、または《ア・ラ・メゾン》などと呼ぶところだろう。

地方でも酒造は一子相伝の古舗が多いからまったく〝無銘〟などとはいえないし、アタってもいないのだが、ただ中央にさほど知られていないという意味で《無銘の正宗》と呼びたくなるような逸品はないものか、誰一人、濁流にさからって泳いでいるのはいないか、と思うのである。それで、理想の雪しろにはまだ出会っていないが、少くとも〝ベタ甘〟派ではないのを三銘発見した。それを書くと宣伝になるのでここでは残念ながら伏せておかねばならない。

諏訪湖の冬のワカサギ釣りは天下に有名だが、その湖畔の旅館でワカサギとバサシ（ウマの肉の刺身）だけを徹底的に食べてみたことがある。いつかきだ・みのる氏が、オレはナマコが食いたいと思ったらナマコ、カキが食いたいと思ったらカキ、朝、昼、晩、三度三度食べに食べ、徹底的に食べるのだ。四日、七日、十日、そればかり食べてすごすのだ。そうしないとモノの核心はつかめないのだぞ、と私に教えてくれたことがあった。そこでワカサギを私はあらゆる角度から探求した。思いつけるかぎりの料理法で食べてみた。それでこの小魚は唐揚げと、南蛮漬と、生食がいちばんだとわかった。その揚げるときがモンダイで、よく東京のレストランでだされるみたいにしねしねクニャリとするようではいけない。カリカリに揚げるのだ。かき揚風に何匹もくっつけて、とにかく、カリカリになるように揚げるのだ。それがコツである。それを熱あつの御飯にのせ、熱あつのダシをザッとかけ、ハフ、ハフといいながら食べるのが絶品である。それから生食となると、どんぶり鉢に大根おろしをたっぷり、そこに酢醤油をかけ、それを氷の穴のふちにおいておき、釣れるしりから鉤からちぎって――ワカサギの口はもろいのでピッとちぎれる――ピンピンはねまわるのを何匹もかきまぜてサッサッと口にほりこむのである。

ワカサギ釣りというのは、いわば冬のお花見とでもいうべきもので、ドテラや、ちゃんちゃんこや、ネンネコ、キルティングなどで着ぶくれに着ぶくれたのが氷上に何百人と繰りだして、百花斉放、てんでんに四角、三角、丸の穴をあけ、五、六本の枝鉤にサシ（ウジ虫）をつけたのを沈め、軽く上下してしゃくればいい。その魚は群れをなして回遊する癖があるから、それにアタッたらひとしきり、いそがしくてならないほど釣れる。その釣れたての、大きな目をまじまじ瞠（みは）った白銀の小魚を、かあちゃんがどんぶり鉢でかきまぜ、とうちゃんがゴロ八茶碗片手にかつは釣り、かつは呑み、かつは食べるという風景である。ときどき氷が凍（しば）れあい、せめぎあって、キーン、ゴーン、ワーンというような凄い音が股のしたをくぐりぬけてビシビシと走ることがあるが、これは寒いから起るので、むしろ安心していい現象である。

なにげなく旅館でマホー瓶につめてもらった酒を氷のうえで飲んでみると、鼻さきをはじかれるような寒気、爽烈のせいもあったが、〝ベタ甘〟ではなく清淡だったので感心し、釣りを終って引揚げてきてから、丁重に蔵元に刺を通じ、醸造場を見せてもらった。それは諏訪市内にある古い家なのだが、すみずみまで清潔で、よく管理され、プロセスには古式を守るとともに新式も鋭敏にとり入れてあって、小さいけれど神経がゆきとどき、親密によくまとまり、感じ入らせられた。別室に招じ入れられ、幾種もの作品を茶碗につがれ、黄綬褒章受章者の老杜氏がひたすら謙虚に、コクはどうですか、香りはどうですか、のどごし、まろみ、しみのぐあいは……と腰をすえてたずねかかってくるので、おろおろしてしまった。

日本酒、焼酎、ビール、ウィスキー、コニャック、ぶどう酒、ウオッカ、ジン、シュナップス、エール、スタウト、何によらず、あらゆる酒は、もしそれぞれの熟成過程をせかさずにたっぷりおっとりと眠り、追求されたあとなら、製法が蒸溜だろうと醸造だろうと、飲んでピンとわかるのは、あらゆる飲料の父祖、あの水のようにさらさらスルスルとのどを通るものだということ。この一点ではあるまいか。のどにヤスリをかけずにツルツル落ちていく酒。いかに豊満華麗の香りと響きを負わされた、人と歳月の技の極致をいかにかさねた美酒であっても、その本質はあの水を理想としているらしいということ。これが近年、乱酔、めちゃ飲み、混沌、悪酔のあげく、ようやく察しがつくようになってきた。すべてを尽して水にいたる。すべてをきわめて水にもどる。

そして芸術はまぎれもなく自然への叛逆であるが、いかに徹底的に意識化してもどこかに一点、自然そのものの浸透を許しておけば、芸はさらに豊饒となる理（ことわり）である。さきの厳冬期に訪れた灘の一軒の銘家では、〝近代化〟と称して、一階二階ブチぬきの巨大なお釜にお米を入れてスチームで蒸すのだが、それがホウッと蒸しあがると、蒸気もうもうのなかへワラジをはいた丹波出の若い杜氏が木の鋤（すき）を片手にワッととびこんで、蒸しあがった御飯をさっさっと仲間の背負い籠にほりこむ。その若い杜氏の二頭筋までピリピリ露見するほどのたくましい全裸はたちまち真紅になり、汗が流れおち、その汗はほとばしるままにお米に潤味となってしみていくらしい気配である。感動しながら眺めていると、若者の六尺フンドシが湯気でゆるみ、そのすきまから雄偉な赤いものがゆらゆらとゆれるのが見え、そこからも汗がお米に走るままなのが見られた。

私は感動しつづけ、そういえば伏見あたりに

『金露』

という銘の酒があったなと、思いあたった。

飲む

スタインベックの掌（てのひら）小説の一つに『朝食』というのがある。いきずりの旅行者が野宿している貧しい綿つみ労働者の一家に朝飯を御馳走してもらって、それがすんだあとまた旅をつづけるという物語で、文庫本にして五ページあるかないかというだけのものである。〝小説〟とも〝物語〟ともいえないし、〝ルポ〟というものでもない。もし記述ということばを使うなら作者がほんとに書きたくて書いたことがすみずみまでわかる、句読点の一つ一つにまで爽やかな息づかいのこもっていることがよくわかる、ある一瞬についての記述である。野外のひきしまった早朝の空気のなかでジュウジュウとはぜるベーコンの音がそのまま聞こえてきそうなのである。ただそれだけのことなのである。けれど、こういう絶品を読むと、文学はこれでいいのだと思わせられてしまう。

スタインベックではなかったかもしれないが、掌編で忘れられないものに、もう一つある。いま読みかえしていないのできっとおぼえちがいがあると思うが、私の記憶のなかではこうである。おそらく、ある夕方、一人の若者が放浪にくたびれて故郷（くに）の小さな町に帰ってきて、ある家の庭のよこを通りかかる。すると、一人の老人がホースで水を芝生にまいている。若者が垣にもたれて水滴がほとばしるありさまに見とれていると、老人がよってきて、ホースの口をさしむけ、一杯いかがといって若者に飲ませてやる。若者が飲みお

わって手で口をふいていると、老人は
「何といっても故郷(くに)の水がいちばんだよ」

といって去る。

これもただそれだけの記述にすぎないのだが、『朝食』とおなじほどあざやかに記憶にのこっている。若者がどういう放浪をしたか。どんな国でどんな経験をしたか。いまその結果としてどのようにくたびれ、体のなかには何があるのか。そういうことは何一つとして説明してなかったと思うし、老人のこともほとんど説明はなかったと思うが、そのときの滴のほとばしりかたや水の味が白いページからひりひりつたわってくるようであった。かけがえのない感触が私の記憶にのこされている。

これも『朝食』とおなじほどの絶品で、金色(きんいろ)に輝く脂の泡のなかではじけるベーコンを早朝の野外で食べてみたいと思いつめたみたいに、ある夕方、知らない人の家の垣にもたれて、くたびれた心身を荷物のようによこにおいてからゴクゴクとホースの口から水を飲んでみたいものだと思わせられたことだった。「一言半句をわれにあたえたまえ」と叫んで木から体を投げた聖者があったと伝説はつたえているのだが、この二編のような文章のうちの一行でも紙に書きとめられたらと、よく夜ふけに思いかえさせられる。

知らない国に到着して宿の部屋に入ってから第一番に私のすることは水を飲むことだった。その水がうまいと、何かいいことがあるような気がしてシャツでも着かえて町へ散歩にでようかという気が起るが、まずいと何をする気にもなれず、そのままベッドにひっくりかえってしまいたくなる。水道の水がそのままうまく飲める国もあれば、湯ざましでなければダメな国もあり、その湯ざましに消毒薬の匂いのする国もあり、ミネラル・ウォーターを註文しないとやりきれない国もある。洗面所でひねった水道の水がそのままうまく飲める国というのはめったになくて、フランスでもドイツでも、それは飲んで毒だというわけではないけれど、何ともザラザラと舌にヤスリをかけられるようだし、飲んだあとに荒涼としたものがのこされる。この水でためしに紅茶をいれてから、さめたのを見ると、表面にまるで膜のように何かギラギラしたものが浮いているのを見ることがあり、鉄分なのだ、とか、石灰なのだ、と聞かされる。マズいけれど毒じゃないからお飲みなさいとも聞かされるが、茶碗に指をのばしかけてもついとまってしまう。

中国大陸や東南アジア一帯も水がわるい。このあたりで生水を飲むのはほとんど自殺行為だと考えられている。たいていは一度沸かしてからさました水、つまり〝湯ざまし〟を飲む習慣であり、そうでなければ暑いなかで汗をたらたら流しながら熱いお茶をすする習慣である。湯ざましへさらに氷を入れたり、または瓶につめて冷蔵庫で冷やしたりしたのを中国語で〝リャン・カイ・シュイ（涼開水）〟と呼ぶとか、お茶の冷たいのをヴェトナム語では〝ニョク・チャー・ダ〟と呼び、タイ語で〝ナム・チャー・ジェン〟と呼ぶなどとおぼえるのは、あのあたりを旅するについての必須の知識である。

このような地帯でことに田舎を歩きまわるには熱かろうが、冷たかろうが、とにかくお茶を飲むのがいちばんである。甘いお茶、辛いお茶、いきあたりばったりだが、それも土瓶でくるか、薬罐でくるか、魔法瓶と欠けコップでくるか、先様まかせだが、〝チャー〟のひとことがどう千変万化するかを眺めるのもたのしみのひとつではないか。

一九六八年に私がしばらく暮していたのはメコン河の支流の一つに浮かぶバナナ島で、戦争については選りぬきの最前線であったが、生活についてはようやく石器時代から鉄器時代に入ったという段階であった。鍋や釜や包丁があるところを見れば鉄器時代に相違ないが、小屋は竹を何本か土に刺しこんで周囲をヤシの葉の編んだのでかこっただけであり、敷居もなければ床板もない。小屋の床はむきだしの土で、ただ人の踵で踏みならされただけのものである。夜になるとその黒光りする土の一点がふいにむくむくして一匹のヒキガエルがランプに集るカやガを食べようと体をあらわしてきたりするのだが、それもたちまちヒトの指にさらわれ、翌朝のオカユに入れられたりする。

朝になって雲古をしようと思うが、だいたい紙というものが徹底して見つからないから、バナナ畑に入っていって、いたすこととなる。投下のあとはバナナの葉で御挨拶申上げるしかないのだが、バナナの葉というものは新鮮なのは肉が厚くて、広くて、ひんやりと気持よいが、ツルリとすべるのできっと何がしかの不安感がのこる。といって土に落ちて枯れきったのは繊維がむきだしでゴワゴワし、よく食いこんでくれるのはいいけれど少し痛いというらみがある。だから、理想に近いのは、緑すぎず枯れすぎてもいないのを注意深く選ぶことであると、二日ほどしてからわかった。ラブレェはガルガンチュアに木、石、縄、思いつくかぎりの素材でお尻を拭かせて何がいちばんいいかと思案させているが、適切な状態にあるバナナの葉は紙の何番目かに好ましいものだと私は推薦したいと思う。

観察していると、この島でも湯ざましを飲むか、熱いお茶を飲むかしていた。生水を飲んではならぬという知識は永いあいだに身にしみたものとなっているのである。モンスーン地帯の亜熱帯では空気がむっちりとうるみ、強烈な陽が射し、小屋や木かげでじっとしているだけでも汗がじめじめタラタラと流れてくるのだが、そのなかで煮えたぎったお茶をすすっていると、それに慣れてしまうと、かえって汗を忘れることができるようなのである。汗を忘れるには徹底的に汗を流すのが一つの方法である。農民は手首まで袖のある黒のパジャマの上下を着ているが、熱帯だから白を着たらいいだろうにといいたくなるけれど、あまりに陽が強烈なので反射するより吸収してしまったほうがいいのであるし、手首までかくしてしまったほうが膚に痛くないのだと教えられる。

夜ふけに回想にふけっているとき、ずいぶんいろいろな国の水を飲んだものだと指を折ってかぞえたくなることがある。ふくよかなのもあったし、やせこけたのもあった。磨きぬかれたのもあったし、ガサガサのもあった。ひきしまったのもあれば、のびきったのもある。峻烈そのものといいたいのもあったし、まるで消毒薬を飲まされるようだったのもある。水は水素二箇と酸素一箇で構成されているかもしれないが、ほかにも微妙な味をたくさん含んでいて、その襞(ひだ)のこまやかさや深さをさりげなく背後にかくしてしまって何食わぬ顔で澄みきっているようなのが逸品と思われる。アメリカ人がはたらいているところにはきっと冷却蒸溜水を飲ませる装置があり、紙コップをだしてボタンを押すとガラスのなかでポカリ、ポコッと大きな渦が起る。あの水はおそらく徹底的に清潔で衛生的なのだろうと思うが、まことに親切に冷やしきってあるにもかかわらず、何の味もしない。ふくみ味もないし、かくし味もない。輝きもなく、ふくらみもない。うんざりする。ただの、まさに《H_2O》である。それ自体は純粋の極なのかもしれないが、純粋がこれくらい味のない例も珍しい。

昭和四十五年の六月、七月、八月、私は仕事をしようと思って新潟県の山奥の銀山湖畔で暮した。ここは水道も、ガスも、電気もなく、一年の半ば近くが雪に埋もれるので、年賀状が五月に配達されるというような聖域である。その湖畔の林業事務所の小屋の二階にこもり、バターをさかなに焼酎を飲み、夜は石油ランプをともして本を読んだ。食料品はいっさいがっさい宿の主人が車を走らせて電発トンネルを十八もくぐって小出の町へ買出しにいくのだが、それにカドミウムだの、水銀だのが入っていたら（——おそらく入っているのだろう）どうしようもないが、湖畔にはスモッグもなければ農薬もなく、水は水の味がし、木は木であり、雨は雨であった。

黄昏になるとよく雨が降るのだが、そうなると雲とも霧ともつかないものがもうもうとわきたって流れ、小屋も、峰も、灌木林も消えてしまい、数知れぬ雨の格子がぎっしりたちこめ、ただ遠くで川の鳴る音がするばかりである。それを聞きながら小屋の二階で焼酎をすすり、じわじわと酔いがひろがってくるのを待っていると、部屋のすみに酸鼻といいたいようなものがうずくまり、おれはこのまま頭から朽ちてしまうのではあるまいかと、恐怖をおぼえることがあった。

ここでは私は超一流品と呼べるような水を飲んだ。山の沢の水や、岩清水である。イワナを釣りに山道を歩いていると、よく岩壁があって、はるかな頂上の暗い林から一直線に水が落下してはしゃいでいるのを見る。あの水である。この年は寒冷がいつまでも去ろうとせず、六月になっても深山の襞ひだに雪がのこっていたが、その雪洞を覗くと、暗いなかに霧がわき、氷の天井からポトポト水がしたたり落ちている。この水は水晶をとかしたようである。純潔無比の倨傲きょごうな大岩壁をしぼって液化したかのようである。これを水筒にうけて頭や額にふりかけ、頭と手を洗い、さてゆるゆると飲みにかかる。いまのいままでフキの葉のあいだに小さな、淡い虹をかけていた水なのである。

ピリピリひきしまり、鋭く輝き、磨きに磨かれ、一滴の暗い芯に澄明さがたたえられている。のどから腹へ急転直下、はらわたのすみずみまでしみこむ。脂肪のよどみや、蛋白の濁りが一瞬に全身から霧消し、一滴の光に化したような気がしてくる。その体をこまめにうごかして、腰から鉈なたをぬき、崖を木の根にすがって上ったり下ったりしながらそこかしこに顔をだしているヤマウドの芽を集めるのである。宿に持って帰って山の手作りの辛からい味噌をつけて食べると、その峻烈なホロにがさが舌を洗ってくれて、どうにも酒が飲めてしかたない。

七月になって雪が消えてしまうと、イワナ釣りにはべつのたのしみが生じた。山道の岩壁のあちらこちらではしゃいでいる岩清水をよくおぼえておいて、どれがいちばんうまいか、どれをひいきにしようかと、考えるのである。いちばん澄んでいそうで、いつも水勢たくましく、量がたっぷりあり、もっとも高いところから長い距離を走ってきたの、そしてできることなら岩肌に淡い虹をかけてくれているの、そういうのを厳選して、なじみの店にした。そうなるといきつけの酒場の椅子のようにかわいくなってしまって、ほかの岩清水が飲めなくなってくる。釣りにいきがけに一杯飲み、今日は釣れそうだと、うれしい予感をもらい、帰りがけに一杯飲んで、頭や顔を洗う。そして、やっぱり釣れたよ、とか、てんでダメだったぞ、とか、いま一息ってところだった、などと胸のうちでつぶやくのである。こう親密になってはほかの岩清水がいくらはしゃいでいてもちょっと浮気ができなくなってくる。

七月、八月と夏が進むにつれて岩清水の顔や味や肌ざわりも変っていった。暑くなるにつれて水量がとぼしくなってやせてしまい、霧がわいたり虹がかかったりすることはなくなり、走りかたが弱くなる。そして、気のせいか、これまでになかった木や、枯葉や、苔の匂いが、すっかりゆるくなってしまった舌ざわりのなかにとけこんでいるように思えたりした。いわば水は、重くなったのである。無味の味であるべき澄明さのそこかしこの襞に、いままでなかったいくつかの味がひそむようになり、何からきたものであるか、その像が浮かんでくるようになったのである。

村杉小屋主人の佐藤進は、ひとこと
「衰えたぜや」

といった。

私が顔を洗いながら
「秋になるとまたよくなるんじゃないの」

とたずねた。

佐藤進はしばらく考えてから
「いや、やっぱり冬があけたところがいちばんです。何といっても、あれです。あの水には影が射してません。あれを味わった日には……」

といって黙った。

まだ岩清水に影が射していない頃、ある日、幽谷で釣りをしてから崖をよじのぼり、対岸にあるゼンマイとりの小屋にたちよって水を飲ませてもらった。ゼンマイとりの人は夫婦で深山にわけ入り、一日に何十キロとゼンマイをとり、徹夜でゆでてから日に干すのである。この人たちはきっと沢か、岩清水か、わき水のあるところに小屋をかける。そのとき飲んだ水もすばらしいものだった。すみずみまで澄明で、ふくらみがあり、ピリピリひきしまって輝き、私を一滴の光に変えてくれた。

「お礼に」

といってポケットにあったチーズを木の根株においたが、何となく、ひどい汚穢のような気がして、はずかしさをおぼえた。

九月になってから山をおり、上越線にのりこんだが、その車内で水を飲んでみたところ、ひとくちすすってどうにもがまんできず、コップをおいてしまった。

食談はポルノという説

ぶどう酒であろうと、コニャックであろうと、何であれ、その良否を知る一つの方法は、日頃から安物を飲みつけることである。たまに極上品を飲むと落差がクッキリとわかってありがたいということがある。ふもとから一歩一歩よちよちとのぼっていかないことには山の高さや気品がわからないのと似ている。さいわい当今はひどい世界同時不況で、先進国、開発国、北半球、南半球、いっせいに貧乏風邪に犯され、わがヤマタイ国も顔面蒼白になりかかっているので、この禁欲、節倹のススメは歓迎されることと思いたい。

新聞、雑誌、ラジオ、TV、あらゆる媒体で食談が大流行している。写真で、文章で、名店案内、名菜案内が氾濫し、日本中、名店でない店はないみたい。ゴチソウでない料理はないみたいである。何しろ一日に二度か三度はきっと何か食べずにはいられず、それが毎日毎日、そして何十年とつづけずにはいられず、あきるということのない欲望であるのだから、きわめて当然といえば当然の現象である。

しかし、小生の見るところではそれらの十のうち九・五まではダメである。どういうわけか、ダメである。ホカホカと湯気のたつ、すばらしい色と艶のゴチソウの写真をとめどなく見せつけられるけれど、食指がまったくうごかないのである。精緻にとられればとられるだけ、いよいよつまらなくなるという傾向もある。それがいかにゴチソウであるか、おいしいかということを語る声や文もとめどなくあるが、ことごとく結婚式のスピーチにそっくりの退屈さしか感じさせられない。まったくそれらは結婚式のスピーチに似ていて、出るのはアクビばかり。

〝結婚式〟というコトバをつい使ったので、ついでにその比喩をもうちょっと延長すると、食談は食欲のためのポルノである。いっぱしの年齢に達した男がポルノを読んだり眺めたりしても、めったにムズムズすることはなくホカホカしてくることもない。それとおなじように当今の食談はおなかをすかせたり、ツバを呑みこんだり、お脳を刺激したりしてくれることがないのである。ことに当今の男女は〝食〟にも〝性〟にもスレッカラシになっている——もしくはそうであるようにふるまっている——から、こういう連中をムズムズ、ホカホカさせるのはよくよくむつかしいことなのだと覚悟をきめて取り組んでいるらしき気配がないから、いよいよダメになるのである。

ポルノもさまざまであって、読む、見る、聞く、その他、無限にあるが、〝大人の童話〟であるという本質は共通し、不変であるように思われる。であるならば、この一語きりの定義によくよく注意し、思いめぐらして頂きたいのであるが、大人が読んでもおもしろい、ついついひきずりこまれる、子供と争奪戦を演ずるというような童話はめったにあるものではないという事実。この事実に思いあたると、性のためのポルノも、食のためのポルノも、退屈であってあたりまえという諦観が生じてきて、軽蔑か無視があるだけということになるんですネ。期待すること自体がまちがってるんですワ、ハナから。

テレビというモノが登場してから小生は、〝芸〟とか〝演技〟というコトバが死語と化してしまったと思っている。小説家は森羅万象にたいして多情多恨でなければならぬという武田泰淳氏の酔余の戒語を小生は信奉するものの一人であるから、ときどき評判の高い番組を眺める努力もしてはみるのだけれど、やっぱりダメ。ただ小器用なだけというアチャラカが笑ったり泣いたりするのを見るだけで、ある。そのお粗末スターがですネ、料理番組にも出てきてですネ、何やら素晴らしいゴチソウを食べる。例によって結婚式のスピーチみたいなコトバを並べたててお語りになる。そのゴチがしばしば眼をむきたくなるような、稀有な超越的なまでの名菜である。このお粗末スターと名菜のコンビを見ていると、ときどき、ムラムラと腹がたってくる。なぜかしら、物を投げつけたくなってくる。嫉妬でないことはわかっているつもりだけれど、この感情は何であるのか、いつまでたっても、うまく説明がつかない。食談ポルノ説にたてばどう説明できるのか。

飲みたくなる映画

或る頃、職業上の必要に迫られて、映画にでてくる洋酒の場面を調べたことがあります。なかなか楽しいことでした。映画館でもらったプログラムの古い綴りこみを繰りつつパイプをくゆらせていると、いろいろと思いがけず記憶によみがえってくるようなシーンが多くあって、ひとしきりダンヒルが旨く思えました。

私の調べたのは外国映画だけ、それもかなり新しいところばかり。だから洋酒通の人に古い映画のことをもちだされると、てんで頭が上らなかった。明治屋の萩野さんの大通ぶりには完全にノック・アウトを食いました。それから、洋酒会社の宣伝課長さんたちも、さすがに、と思わせられるような博引傍証ぶりを発揮されて、こちらはタジタジの態たらくでした。

洋酒の場面、と云っても、外国映画のことですから、小道具の種類は邦画と比較にならぬ豊富さです。ウィスキー・ブランデー・ぶどう酒・シェリー酒・シャンパン・ジン・ラム・アブサント、それから、ビール。

しかし、もっともよく見かけるのはウィスキーでしょう。これは、でてこない映画をさがすのが、むずかしいくらいよくでてきます。近いところで、イヴ・モンタンとクルト・ユルゲンスが惚れぼれするような飲みっくらをした「英雄は疲れる」（日本題「悪の決算」

は映画会社が大向うを狙いすぎたイヤ味が臭いのでわざと原名をあげます。為念)。ここにでてくるスコッチは、オールド・スマグラ、ヴァット69、ブラック・アンド・ホワイト、カナディアン・クラブ、それに、レミイ・マルタンらしいブランデーのそれをタンブラーで両雄がガブ飲みするのです。その上、イヴ・モンタンがギターの爪びきして、ジャン・セルヴェが古い民謡の「彼はちゃちな船乗りだった」を唸ったりしたんだからファンにはコタエられなかった。

少々古いのではレイ・ミランドがみごとなアル中作家を演じた「失われた週末」、これは皆さん先刻ご存知のもの。「荒野の決闘」ではヴィクター・マチュアが西部劇伝説のドク・ホリデイに扮し、グラス片手に、「永らうべきか、永らうべからざるか」と思い入れていました。ユーモラスなのではウィリアム・ホールデンの「第十七捕虜収容所」、ボブ・ホープの「腰抜け二挺拳銃」等々。又、抒情味を盛ったのにはマーロン・ブランドがエヴァ・マリイ・セイントに飲み方を教えてやっていた「波止場」があります。禁酒法時代の密醸者たちを扱った映画では、「唸る一九二〇年代」(日本題を失念)。これはジェイムズ・ギャグニイとハムフリイ・ボガードの棒組みで、ドラム罐のアルコールを浴槽にぶちこみ、エッセンスを入れて、かきまわすと、それを瓶に詰めただけで「ウィスキー」ができるところから、密醸者になろうと決心したギャグニイが、「俺の家にも風呂場はあるんだからナ」というセリフで見得を切る場面があったのを思いだします。

しかし、ウィスキーの飲みっぷりで一番印象が深かったのは、「大いなる幻影」のシュトロハイム。これはフランス映画としては珍しく正しい歴史観に支えられた名画で、第一次大戦前後の貴族と市民の階級交替をたくみに描いていました。フランス貴族の死を見とどけてから一気にグラスをあおり、ゼラニウムの花を雪の降る城の窓辺で切り落すシュトロハイムの後姿、そのデクデクとした禿頭と肩のいかつさが斜陽のドイツ貴族の白鳥の歌を表現してスバラしかった。とおぼえています。

その他、ブランデーでは「裏窓」、カルヴァドスでは「凱旋門」。アブサントでは「地の果てを行く」、シャンパンでは「パリ祭」をはじめとするもろもろのフランス映画、ラムでは「南北への道」、ジンでは「グレン・ミラー物語」等々。やくたいもないことをゴマンとおぼえ、思いだしてはダンヒル齧(かじ)ってひとりニヤニヤ。病昂じてはバーにもたれる自分の姿勢、グラスの持ち方が、サテどの映画のどの場面、などとラチのあかぬナルシズムに耽ける侘びしさ、これはおよそ頂けたものではありません。とは言いながらも、チンザノの広告、映画になった「マリウス」のなかでエッチオ・ピンザがヴェルモットの注ぎ方を息子に教えてやっている写真がでているのを見ればやはり心慌しきをおぼえて、早く封切りにならないか、と又ぞろ首を長くしたくなる。自分でもヴェルモット・カシスをつくってみたくなる。こんな幼稚なファン気質は何ともしかたないものなのでしょう。おわかりになる方も、ならない方も、よしなにおわらい下さい。

グラスのふちの地球

地球はグラスのふちを回る

紳士の乳

ブルガリアは黒海に面したバルカンの小さな社会主義国だが、ここの都はソフィアという。おとなりのルーマニアへ行く途中、カイロから入って、飛行機乗換えのために24時間滞在したことがある。

イワン・ベルチェフ氏という、トーマス・マンによく似た美貌の中年の評論家が、町を案内してくれた。あとでモスコーへ行ってから、ベルチェフ氏は平和運動の高名な評論家であり活動家であるということを教えられたが、そのときはなにも知らなかった。

ソフィアは木の多い、小さな都で、舗石の上を歩いていると、九月の初めなのにひどくつめたい風が水のように流れていた。ここは〃庭園都市〃と呼ばれているのだそうだ。モスコーの赤の広場とおなじように市の中心にはディミトロフの墓と広場があり、護衛の兵士がゆっくりした足どりで墓の前を行ったり来たりしていた。

ベルチェフ氏は私を山の上の料理店につれていってくれた。美しい料理店で、テラスの大窓からソフィアの町が箱庭のように見おろせた。羊肉の串焼料理を食い、ビールとぶどう酒を飲んだ。空がくもってきて、雨が降りだした。山の雨だから、足が長い。ゆっくりと、長い、細い、無数の航跡をひいて町におちていった。

私がそれを見て、ふとヴェルレーヌの『巷に雨の降るごとく……』をつぶやきはじめると、ベルチェフ氏はだまって耳を傾けて聞き、詩が終ったとたんに、たったひとこと、

「頽廃だ」

ひくく痛罵した。

山をおり、町を散歩し、夕方になってきたので一軒のキャフェの戸外の椅子に腰をおろして、スモモのブランデーをすすった。ベルチェフ氏はこれを〝スリヴォ〟と呼んでいた。ルーマニアではおなじものを〝ツイカ〟と呼んでいる。チェコでは〝スリヴォヴィツァ〟と呼ぶ。あのあたりの諸国をカルパチア山脈がつらぬいていて、おなじようなスモモがとれる。そして、どの国の飲み助たちも、めいめい、自分のところのものだけが生一本の本格品なのだと自慢してゆずらない。かわいい、無邪気なナショナリズムである。ベルチェフ氏もその例外ではなかった。これはチェコのスリヴォヴィツァではないかと私がうっかり言ったらたちまち肩をそびやかし、〝スリヴォ〟だけが純粋な〝スリヴォ〟なのだという説を述べはじめた。

料理店へ行ってカツレツをおごってもらった。ヒマワリの種子の油で揚げたものである。しこたま食べたら、翌日になって、真っ黒の、やわらかい、べたべたした、たよりないくせに熱くて油っこいという妙なウンコがでた。私の経験によると、こういうのがでるようになると、いよいよ体が〝日本〟を離れて本格的に〝外遊〟がはじまったというきざしな

のである。羽田を出てから24時間以上たってはじまるようである。慣れないうちは下痢かなと思うが、気にすることはない。腸にポンとヴィザのハンコをおしてもらった証拠だと思えばよろしい。

〝紳士の乳〟を飲もうとベルチェフ氏が主張するので、ボン、と言ったら、ゴブレットになみなみと白濁した液がみたされて運ばれてきた。よく冷えてグラスは汗をかき、電燈の光にすかして見ると液面にギラギラとなにやらの精がうかんで輝やいていた。ガブッと飲んだらツンと杏仁水の香りがきた。

「ペルノーだ、アブサンだ」

「ちがう。ペルノーはペルノーでアブサンじゃない。これは〝マスティカ〟と言って、まざりっ気なしの純粋の〝紳士の乳〟だ」

「ああ。生粋のアブサンを飲むのは生まれてはじめてです。これは経験だ！」

「よろしい！」

すごい威力があった。いつのまにか前後不覚になってしまった。どうして空港ホテルにつれ帰ってもらったのかわからない。目をあけたら朝になって着のみ着のままベッドの上におちていた。枕もとにベルチェフ氏がたち、しかつめらしい顔に薄笑いをうかべて覗きこんでいた。

いまでもあれは生粋のアブサンだったのだと私は思いこんでいる。アブサンはニガヨモギのエッセンスを酒精でしぼりだすが、学名をナントカ・カントカ・アブシンチウムと呼ぶその油精が曲者で、飲みすぎると脳がやられ、性不能になり、発狂する。ヴェルレーヌがレロレロになって施療病院でのたれ死したのはこれを飲みすぎたためである。ペルノーは純正アブサンが発売禁止になってから匂いだけをのこすためにつくられた模倣品で、アブサンではない。リカールやビルーやパスティスというフランス産の曲者はみなこの強豪の面影を香りにだけ伝えているが、アブサンとは言えないだろうと思う。だから私は、たった一回だけだったが、得難いグラスを味わったわけである。

〝ペルノー〟はラベルに〝PERNOD FILS 45〟と書いてある。これをもじって〝(Je) perds nos fils〟(息子ヲ失ウ)と読んで、飲んだらグニャチンになりますということだと酒場の一口話に使う人がある。

ネズミとぶどう酒

ルーマニアのぶどう酒はたいへんうまい。パリの国際コンクールに出品して、なかなかいい賞をもらったりしている。

ルーマニア人にいわせると、カルパチア山脈の日光と黒海からの風がうまいぶどう酒をめぐんでくれるのだそうだ。おもしろいのは、瓶のラベルが、フランスやドイツのとちがって、原料ぶどうの名をそのまま使って酒銘としていることである。〝ピノ・ノワール〟とか、〝カベルネ〟、〝カベルネ・ソヴィニォン〟などという名を読むことができる。白よりも赤のほうがコクの豊満さですぐれているように思えた。

このほかにブランデーもある。ルーマニア産ぶどう酒を蒸溜してつくったルーマニアのブランデーであるが、〝コニャック〟と銘うっている。なかなかわるくない出来である。彼らが〝ロム〟、〝ロム〟と呼んですすめてくれたのはラムだが、これはルーマニアの砂糖大根からとったもの。口あたりはやわらかいくせに腰が張っていて魅力があった。

秋にぶどうをとり入れて、実をつぶし、槽で醱酵させる。かすかな酒精分がでかかってきたところを汲んできて飲ませる。公園の木蔭にテーブルを持ちだし、細い陶瓶に入れて給仕が持ってきてくれる。〝ムステ〟と呼ぶのだが、ウィーンの新酒祭りに似ている。ただ、これは、まだ〝酒〟になりきっていないから、ぶどうジュースとぶどう酒の合の子みたいなものである。いくら飲んでも酔わないし、酔ってもすぐに爽やかに潮がひくのである。黒海海岸の保養地のコンスタンツァから私が帰ってきたら、公園にはもうムステはなく、人びとはふつうのぶどう酒をふつうのワイン・グラスで飲んでいた。

マグダレナに聞いた笑話。

あるとき、フランス人とハンガリア人とルーマニア人の三人が集って、一杯飲もうかということになった。なにを飲もうか。フランス人はボルドーが世界一だという。ハンガリア人はトーカイを飲んでから酒の話をしてくれとゆずらない。ルーマニア人はルーマニア人でカベルネだと力説する。いくらしても議論がまとまらないので、困った三人は、ネズミを一匹つれてくる。それぞれの酒を一滴ずつ飲ませてみてネズミがいちばん感動した酒を飲もうじゃないか、ということになった。

フランス人がボルドーを一滴飲ませてみた。ネズミはたちまち体をのばし、気持よさそうにイビキをかいて眠りこんだ。

「サ・セ・ボルドー！……」

はしゃぐフランス人を横目に、つぎはハンガリア人が、寝ているネズミをゆり起して、とっときのトーカイを一滴飲ませた。ネズミは目をパチパチさせてから、ポンと一度とびあがり、

「もう一杯おくれ」

と叫んだ。

「トーカイ！」

ハンガリア人は誇りで目がうるむ。いらいらして待っていたルーマニア人は、とる手もおそしとルーマニアのぶどう酒を持ちだして、一滴、ネズミに飲ませてみる。

するとネズミが叫んだという。ポン、ポンと床で二度とびあがって、声高らかに叫んだというのである。

「ネコを一匹つれてこい！　おいらはネコを殺してやるぞ！……」

運転手のイオン君がマグダレナのいないすきの一瞬、一瞬を狙って、もっぱらおもしろくてためになることを話してくれた。

この国では食後に砂糖漬果物（コムポート）を食べる習慣がある。キャビアや鶏や鱒などをたらふく食べたあとにコッテリと甘い、歯の痛くなりそうな杏の砂糖漬などを食べる。彼らはそれが

アレに利くと考えているのである。（フランス人はコショウがいいとしている）

ある日、私がコムポートを持てあまして、酒とこんな甘いものを同時に食べるなんて、二人の女と一度に寝ろというようなもんだといった。イオン君は笑った。コムポートを食べないでハンガリア女と寝たら目をブタれるよ。なぜ目をブタれるのだと私が聞くと、彼は説明した。そんなたよりない男に自分の顔を見られるのは恥かしいことだからね……

私たちは、生えさがりの長い女性は情が濃いとか、肌が浅黒くてやせているほうが激しいのだなどといいかわしているが、ルーマニアではすこし事情がちがっていた。ハンガリア女性で、やせていて歯ならびのわるいの、これがいちばんだというのである。ハンガリア女性というのはわかるような気がするし、やせているのが激しいのは血のめぐりが速いからだというイオン君の意見もわかるような気がする。歯ならびのわるいのがなぜいいのか。これはどうものみこめない。とにかくそれはそういうことになっているのだと、イオン君は教えてくれた。歯車はわるいが発火のぐあいがスゴイのだそうである。

ピルゼンのピルゼン

チェコのお酒の話。

機関銃とガラスで有名なこの東欧の工業国にもお酒がある。ビールはピルゼン・ビール、ぶどう酒はラインとおなじリースリング、ほかに二日酔いに原爆的にきく薄緑色の淡いリキュールを飲んだが、ざんねんなことに名を忘れた。

〝ピルゼン〟は、いま、チェコ領のなかに入っている。ドイツ人にいわせると、これは歴史的にドイツ領なのだからドイツが宗主権を持つということになり、チェコ人にいわせると頭からこれは歴史的にチェコ領なのだから宗主権もクソもない。ピルゼンはチェコであると、いう。ヒトラーが第二次大戦をおっ始める口実の一つに使った〝生活圏を東に！〟の叫びの〝東〟にピルゼンはズデーテン・ランドやダンチヒ回廊などといっしょにくみこまれ、血の泡のなかに巻きこまれた。

このあたりの地帯は血の海のなかにただようヨーロッパ半島のなかでもバルカンやザール炭坑地帯とおなじようにいつも国境問題のくすぶっていたところで、とりわけ血の匂いの歴史に濃くつつまれているが、しかし、ビールの名産地である事実は昔から変らないのである。チェコ人に会って、〝プルスナー〟とつぶやくと、ニッコリする。〝ビール〟はチェコ語では〝ピーヴォ〟である。この二つをつないでつぶやけば、まずおたがいのあいだに一枚の扉がひらかれることになる。

ピルゼン・ビール、プルスナー・ピーヴォは、日本で私たちが想像しているよりもはるかに重厚なビールである。重いのである。色はウィスキーやブランデーにちかいコハク色がいま、私の目のうらで遠く小さく灯にかがやいてゆれている。〝重い〟というのはコクがあるということになるだろうか。このむずかしい日本語を英語でさがすと、かろうじて、“body”ということになるだろうかと一般では妥協しているのだけれど、その言葉をそのまま使うと、ピルゼン・ビールは、“heavy bodied”ということになりそうである。

泡はこまかくて、白くて、密であって、とろりとしている。よく冷やしてあるので、チューリップ型のグラスは汗をかいている。グッと飲む。クリームのような泡が舌にのる。その濃い霧をこして、とつぜん清冽な、香り高い、コハクの水がほとばしる。クリームの膜が裂けて、消える。清水が歯を洗い、のどを走り、胃にそそぎこむ。目が薄ッすらと閉じかけて、パッとひらく。やがて腸が最初の通信を発する。チカチカと熱くなるのだ。それが肉を浸して肌へ頭をだす頃になると、チェコの民謡をふと口ずさみたくなるというものである。〝タンツイ、タンツイ、ヴィクルージェ、ヴィクルージェ（踊れ、踊れ……）〟

……

なぜそうなのかわからないけれど、チェコの生ハムがすばらしくうまい。チェコ語では〝シュンカ〟といっている。〝シュンカ〟と〝ピーヴォ〟の二つを知っていたら軽い昼食をまずまずすませられるだろうと思う。フランスの生ハムはサケの肉の切身みたいな色をしていて、柔らかくて、すばらしい香りを持っているけれど、あれより少し固くて、少し塩味だけれど、チェコのハムはとてもおいしいのである。それをコッテリしていながらも岩清水のように冷えたプルスナーといっしょにやると、思わず、〝ゲクィ〟とつぶやきたくなるネ。これはゲップみたいな発音だけど、〝ありがとう〟という意味なのだよ。

社会主義国になるまでのピルゼン・ビールはすばらしかったけれど、社会主義国になってからのは国営業だからまったくダメだ。というようなことをつぶやくのが〝通〟の初歩となっているのだが、私にはそんなことはどうでもいいのである。昔の日本酒はオチョコを持ちあげると受皿がいっしょにくっついてきたけれどいまのは水みたいだ、というようなことをいってロートルどもが嘆くのに似ている。いまの人たちがうまいと思う味がそのものの実の味なのである。それが、ものの味というものの、地上における、いつもの真理なのだと思う。文学作品と、ものの味とは、その点でちょっと基本的に相違するところがあると思う。

チェコの都はプラーハだが、社会主義国になっても、市内には地下酒蔵があって、その地下で醱酵させたプルスナーをそのまま大樽から汲んできて飲ませてくれる。この酒場は古都にふさわしい湿りと、ほどよい暗さと、野蛮なほど厚いテーブルを備えていた。飲んでウットリと目を細めていると、男女の大学生たちがやってきて、ちかくの席でなにやらワァワァとはしゃぎつつ飲みだしたので、私も釣りこまれてワァワァと飲みだし、人類の国際愛についてのものすごい、翌朝になれば赤面して便所へかけこむよりほかにテのないような美しい、大きな言葉の数々をやたらにならべて名物のソーセージをむさぼったのである。

草の入ったズブロ

ある国の文化水準を臆測するのによく旅の飲みスケは酒の味を基準に持ちだしたがるものである。酒の性格でその国の人の性格を想像するのも楽しいことである。酒場をでてその想像がどれだけまちがっているか、一致しているかということを、いちいち思い知らされるのも楽しいことである。

ナポレオンがよろめいてからポーランドは美人国として名を売ったが、東欧圏内では事実ここがいちばんの美人国だと私も思う。バルカンではルーマニアである。ルミャンカは人のいい色白肉厚の田舎美人の魅力だが、ポルスカはどちらかというと鋭く繊細な、むしろパリジェンヌにちかい美貌と魅力である。

ワルシャワやクラコウでは町歩きのたびに何度となくたちどまってふりかえさせられた。ロトの妻はちらとソドムをふりかえっただけで塩の像になったが、私は何度となくしげしげとたちどまってふりかえっているのに辛くはならなかった。酔っぱらいで、幻想的で、辛辣な諷刺家で、シェクスピアの『真夏の夜の夢』とセルバンテスの悪漢短篇小説を死ぬまで愛読していたガウチンスキー詩人の書斎へいってみると、天井から、ちゃちなワニの剝製がぶらさがり、壁にはシャガールに似た描法の魔女の絵がかかっていたが、そこへでてきた娘さんがすばらしい美人だった。くちびるが厚く、眼がアマンド型で、眉が濃く、手が鋭くてつめたかった。翌日、ホテルへたずねてきて、新聞記事のためのインタヴューをされたが、私は彼女の眼を覗きこむのに夢中で、東西ドイツ問題など、どうでもよかった。

ズブロヴカ、略して〝ズブロ〟というすばらしい酒がこの国の特産である。瓶のなかに細い草の茎が一本入っている。この酒は北欧野牛の飼料の草をウォッカのなかに浸してつくったものだが、淡緑色で、芳烈である。しかしいや味な濃厚さはなくて、爽快なのである。くどい甘さなどどこにもなく、あくまで清冽である。草のあえかな芳香が魅力である。トイレにゆくと御叱呼までがいい匂いを発散するようだ。この草はポーランドの一地方に産するやつだけがいいので、あとはみんなにせものだとポーランド人は自慢していた。

このズブロヴカと、〃ヴォツカ・ヴィヴォロヴァ（精選ウォツカ）〃という二つをもっぱら買いこんできて毎晩飲んでいたのだけれど、ズブロヴカのためなら二日酔いしても後悔しないと私は思っていた。この国は北方なのでぶどう酒はできないけれど、ほかに蜂蜜からつくった、ドラムビュイやクールヴォワジェに似た瓶の〃ヴァーヴェル〃というのがある。北欧の古典を飾る〃ミード〃という酒とおなじものである。飲んでみたけれど、辛口好きの私には甘すぎていけなかった。シャルトリューズとおなじような閨房の酒だろうと思う。寝るまえに匙に一口、二口するとくちづけのときにいい香りがして、それはそれですばらしいのだろうと想像するけれど、私は孤独な旅行者だった。ホテルのベッドにもぐりこんで大量虐殺の記録を読んでうとうとしていた。

ポーランド人はだいたい酒を飲みすぎるというのである。とりわけ週末となると、ドカッと飲む癖がある。（どこの国だってそうだがネ。）そこで、土曜日にはウォツカを売ってはいけないというお布令がでた。ほんとかしらと思って土曜の夜に町へ酒を買いに這いだしてみると、どの酒屋も戸をおろして閉まっている。たまにあいているのがあると思って入ってみると、ぶどう酒はいいがウォツカはいけないといって売ってくれなかった。しかし、やっぱり町には酔っぱらいが、ふらふらとした足どりで歩いている。聞いてみると、あれは金曜日に買いこんだ酒で酔っているのだろうという。そこでまたつぎの週に金曜日の夜に町へ這いだしてみたら、酒屋はちゃんとあいていて、灯をともし、盛大に商売を楽しんでいた。

ビールもないわけではない。立食の自動食堂や駅のスタンドや大学のちかくの学生食堂などでしじゅう飲んだけれど、とくに舌をふるわせた記憶がないところを見ると、あまりよくなかったのかも知れない。私はズブロヴカの清冽さや、柔らかさのうちに秘めた鋭さや、あえかさや、強さに参っていたから、ビールまで神経がのびなかったのかも知れないと思う。

この町の酒屋でハンガリア産のぶどう酒の味もおぼえた。赤ぶどう酒で、『牛の血』という妙な名前がついていた。なぜ酒にそんな名をつけたのかわからない。健康によいとでもいいたいのだろうか。私たちがマムシの血をありがたがるようにヨーロッパ人には牛の血をありがたがって屠殺場へじかに買いにゆく人もあるくらいだからぶどう酒にそんな名をつけたのかも知れない。味はもちろん、ずっとあとになってタシュケントで飲んだハンガリアの名品トーカイには、とても及ばなかった。

ロシア式乾杯

ヴィーチャ君はモスコー大学の日本語科の学生である。詩人でもあって、トワルドフスキーやヴォズネセンスキーの詩が好きだといっていた。自分でもときどき詩を書くらしい。

たいへんな自信家で、天才を信じこんでいるところがあった。なにしろ大学に入って一年になるやならずで『平家物語』を翻訳するのだといってダダをこねたくらいなのである。

彼につられてレニングラードやタシュケントへいったが、いつも詩に酔っていて、通訳はそっちのけだった。フォンタンカの水ぎわをさまよい歩きながら、たえまなしに眼を輝やかせて「アア、マヤコフスキーハ二十世紀ノ驚キデス」とか「オオ、レエルモントフハロシアノ誇リデス」などと呻めいた。ロシア語でひとりで詩を朗誦して歩く。水も空も歴史も眼にはいらない。大江健三郎と私は煙に巻かれながらついていった。

タシュケントには回教文化の歴史があるのだが、それと関係があるのかないのかよくわからないが、宴会の挨拶がひどく長かった。バラジンという歴史小説を書く老作家の家へ遊びにいったら御馳走をだしてくれたのだが、おそろしく長い乾杯の挨拶を聞かされた。アナタ達ハ日本文学ノ若イ星デスとか、ハルバル七ツノ海ト空ヲ越エテヤッテキタ暁デスとか、聞いていて耳がおちるくらい甘い言葉をつぎからつぎへと聞かせるのである。お世辞やなにかではなくて、客を迎えたときにはそういうふうにするのが習慣となっているらしい気配であった。

さいごにウォツカで乾杯する。そのときの言葉が変っていておもしろかった。「アナタノ家ニ不幸ガ残ルノヲ望ムノトオナジダケ飲ミマショウ」といってぐいとグラスをあけ、一滴残らず飲みほしてしまうのである。この転置法は御馳走が終ってホテルにもどり、夜があけて翌朝になってから、やっと意味がのみこめた。わがヴィーチャの日本語は、その自負ほどにはまったく高くなくて、こういうこみ入った表現になるとさっぱりなのである。その夜は御馳走を食べながらずっと私たちはバラジン氏らが大江健三郎と私の家に不幸が残るのを祈っているのかしらと怪訝に思いつづけたことである。

モスコーのホテルには社会主義国の首府の名がついている。ワルシャワ、ブダペスト、北京飯店……といったぐあいである。『ブダペスト・ホテル』ではユダヤ人たちがたくさん食事に来ていて、楽団がイスラエル円舞曲を演奏しはじめると、みんなが夢中になって腕を組み、踊り、叫んで、異様な光景が見られた。毎夜、毎夜、どんなに夜がふけてくたびれていても、一度ヴァイオリンの弓が弦にふれてこの歌が流れだすと、老若男女、たちまち歓声をあげ、全員腕組んで輪をつくり、狂ったように眼や頬をひらいて踊った。この歓声はなんだろうと私はいぶかるばかりであった。その歌で狂うのはユダヤ人だけなので、ソヴィエトでも〝流亡〟を感じて望郷の叫びをあげたくなるユダヤ人がいるということなのだろうか。胸をうたれる光景だが、ふしぎな光景でもあった。

ホテルのボール・ルームも深夜になると、どんがらがっちゃんの大賑わいとなる。叫ぶ男、笑う女、吠える男、悲鳴をあげる女、乾杯、乾杯、乾杯、電圧が二倍に上ったかと思うほどシャンデリアが閃めき、輝やく。百グラム入り、二百グラム入りのフラスコでいままでウォッカをはこんでいたのが威力満々の大瓶で登場する。一度私はモスコーに着いたその日の深夜に、五、六人の中年者の男女たちが、シャンパンやぶどう酒やウォッカを瓶からいっせいにじゃぶじゃぶと果物受けの大皿へあけているところを見たことがある。彼

ら、彼女らはきゃっきゃっと笑いさざめきながら、まるで洗面器でもまわすみたいにして
それを順にまわし飲みしはじめた。

――ロシアだ、ロシアだ！

そう思った。

――やるなあ！

そう思った。

ヴィーチャの仲間のヴォロージャ君がそのときは案内についていたので、私が、

「エクストラヴァガンツァだ」

というと、彼は、

「エクストラヴァガンツァハ、モウ、ソヴェトニハナイデスヨ」

といった。

けれど眼前のこの底ぬけの大盤振舞いは血を輝やかせて花ひらいているじゃないか。私がニヤリと笑うと、ヴォロージャも知らん顔をよそおってニヤリと笑った。私たちはすみっこの席にすわって、小さな、小さな、幼稚園の生徒みたいな二百グラム入りのフラスコを註文した。ちょいちょい盗み見すると、果物皿組はなおも哄笑しつつウォッカを瓶からそそいで、まるで化けものみたいな精力を発揮してまわし飲みをつづけた。

――ロシアは大きいのですよ。人も陸も。

そういったのは誰だったかしら。

ウノートラセルヴェッサ！

マドリッドには夏と冬と二回いったが、闘牛を見たのは夏だった。〝太陽の門〟からしばらくのところを歩いていると並木道にでたが、ふと見ると、なにかの白い花が並木の枝いっぱいに咲いていた。はげしい八月の陽を浴びて、閃めいている。微風が吹いてくるといっせいに散って、雪のようであった。

道を歩いていたおばあさんをつかまえて、アノ花ハ何デスカと聞いてみたが、通じなかった。おばあさんはスペイン語しかできず、私はスペイン語がかいもくだった。しかたないので花びらをひろって指さしたら、おばあさんがニッコリ笑って、なにかつぶやいた。私の耳は〝ミモザです〟と聞いたようであったので、そのままその花をミモザなのだと考えることにした。わかりましたというしるしにいつもやるように胸をゴリラのようにどんどんとたたいてみせ、ニッコリ笑っておばあさんと別れた。ほんとにあれはミモザの花なのだろうか？……

ホテルで聞いたところでは、夏の闘牛は観光客用で二流、三流の闘牛士しか出場しない。一流の横綱たちは地方へいって留守、九月にならなければ帰ってこないのだという。帳場のおっさんはそういいながら、牛を誘うあの赤い布は〝ムレタ〟といい、どういうときにはどういうふうにふるものだと、手ぶり身ぶりで説明してくれた。相撲の四十八手みたいなものらしい。いちばんの見せ手の一つが〝ヴェロニカ〟で、それはこうやるのだといってホテルのロビーに私をつれていって手とり足とりして教えてくれた。券を買う。

陽がそろそろ西に傾いた頃に試合がはじまる。真っ黒のコブつき三歳牛。三十分で一頭を殺し、一試合に六頭を殺すから、全部で三時間の興行である。外人が日本の相撲を見ても技がよくのみこめていないと微妙なうごきのおもしろさがわからないのとおなじで、テクニカラーのハリウッド映画そのままの光景がアレナの砂の中央で開始され、トレアドールが私の眼にはたいくつきわまると思える動作しかしないのに、マドリッド市民たちは熱病の発作にかかったみたいに「オーレッ！　オーレッ！」と合唱する。その微妙な呼吸が私にはさっぱりわからなくて、困った。

マタドールの槍で肩をえぐられ、トレアドールの剣で刺しまくられて牛はヘトヘトになるが、背の剣が房飾りみたいになっても生命の渚でよろめきがんばっているやつがいる。すると闘牛士は長剣で狙いをつけ、後頭部あたり（延髄ではあるまいか……）をチョイと刺す。牛はまるでバネ仕掛の玩具のネズミがひっくりかえるみたいな正確さでドタッと倒れ、即死である。異様な正確さと速さである。虚無の透明な溜波が濃いサフラン色の黄昏のなかを走って消える。ファンファーレが鳴り、すぐさまつぎの牛が暗い穴からとびだしてくる。突く。えぐる。怒らす。刺す。ひっくりかえる。ファンファーレ。とびだす。突く。えぐる。怒らす。刺す。ひっくりかえる。ファンファーレ。

つぎからつぎへと繰りかえすうちに、仄暗い（ほのぐらい）黄昏にまぎれて、殺された牛と新しい牛のけじめがつかなくなってくる。いま殺された牛がそのまま血をぬぐってとびだしてくるのではあるまいかという錯覚におそわれる。闘牛士たちは亡霊とたたかっているのではあるまいかと思えてくる。虚無と生のはてしない暗い川のなかで剣をふっているのではあるまいかと思えてくる。人は勝っているのか。牛は負けているのか。いらだっているのは牛なのか人なのか。黄昏のなかですべての像と意味がゆがんで、とけて、流れだし、澱む。歓声と、土の熱と、牛の体臭と、女たちの香水や汗や腋臭など、すべてがとけあって、壮大な、暗い情熱が空へ煙りのように消えてゆくのである。

　牛が口から血とよだれの泡を吹いて生の渚へダダダダッとなだれうっておちてゆくのを見て拍手、怒号する男たちがあり、顔を蔽って泣き叫ぶ女がある。オーレッ！　オーレッ！……観客が総立ちになって大合唱すると、手を高々とさしあげるトレアドールに向って帽子がとぶ、新聞がとぶ、ぶどう酒を入れた皮袋がとぶ。トレアドールはひろいあげて一口飲んでからしぐさをつけて観客席へ投げかえす。私のよこで叫んでいたスペイン人が、

「セルヴェッサ！」

　ビール瓶を私の手におしつけた。

　私が飲み干すのを見とどけてから彼はニッコリ笑ってズボンの尻ポケットからもう一本とりだして、口金をベンチのふちでたたき割り、吹きだす泡をしゃくいとりながら、

「ウノートラセルヴェッサ！」

　と叫んだ。

もう一本ってところだろう。

やっつけたね。

まずいビールやな。

オーレッ！

ウィーンの森の居酒屋村

〝ヴィーナー・ヴァルト！……〟

ウィーンへ着いてホテルに荷物をほりこむとすぐにタクシーをひろって森へ走ったが、森へいってみて、その深さにおどろいた。シュトラウスのワルツなどから想像するような小さい、かわいい林ではない。巨大な、苔むした木が鬱蒼と茂って、真黒である。意外にたけだけしく、荒あらしく、壮大で、暗いのだ。

ヨーロッパの森はどこでもそうである。フランスでもドイツでも、都からちょっと外へ出ると、街道の左右には巨大な森がそびえるか、海のような平野が広がるかであって、人家は稀になる。そして森かげの交通標識にはシカの絵があって、危険だから注意するようにと書いてある。シカがぶつかって運転席の人間が死ぬというような事故がよく起こるのである。白昼、野生のシカやウサギが木のなかをとんでゆく光景を何度となく見たことがある。シカは波のように、ウサギは藁火(わらび)のように走っていく。

はじめてヨーロッパへいったとき、森の深さと厚さにおどろいて、これがたった二十年ほどまえに何百万人の血を吸いこんだ戦場であったとはとても考えることができなかった。ブリューゲルの時代、ラブレェの時代、ダンテの時代から戦争のセの字も知らずに育ってきたのではあるまいかと想像したくなるほどの老木が何百本、何千本と生い、茂っているのである。東京から何時間走ってもついに人家の海やぬかるみからぬけでることのできない国の自然になじんだ日本人の眼には、このような森が、じつにさまざまなことを告げているかのように映った。ヨーロッパの自然は野生の精力をふるってたえまなく人間の土地を狙うのだ。人間はその暗い、荒あらしい力をたえまなくおしかえし、食いとめ、石の壁や石の道で浸透を防ごうとしているのだ。〝自然〟はヨーロッパ人にとってはたえまない注意を必要とする。何か人間に向かって対立し、抗争する、圧倒的な存在なのであると感じられた。そしてこの力のかたまりのなかを縫って人間たちはたえまなく町へ街道伝いに点と線の戦争を繰りかえしてきたのだと感じられた。時間と血と脂肪を吸いこんでいよいよ森は老い、深まり、影を暗くしたのであると感じられた。

この暗い、壮大なウィーンの森のなかにグリンチングという小さな村がある。中世の頃から居酒屋だけでできた村である。村の中を歩いてみると、どの家もこの家も、みんな飲み屋である。観光客向きにいくらか飾られてはいるけれど、あまり目につかない。むしろ昔からの田舎ぶりや、素朴さだけがニセモノでなく目につくようなぐあいに飾られていて、森のつめたい夜気の青い香りをいっぱいに吸いこむ旅行者の胸に無邪気さと楽しみと活力を吹きこんでくれるのである。

一軒の飲み屋にもぐりこむ。厚い、節くれだったテーブルにもたれて白ぶどう酒を飲み、マスの揚げたのを食べていると、流しの楽師が入ってきた。アコーデオンとヴァイオリンである。客席をまわり歩いては古い歌や新しい歌を弾き、いくらかのチップをもらっている。ぼんやりと頬杖ついて聞いているうちにとつぜんアコーデオンが『唯一度だけ』を弾きだしたので私はびっくりした。『会議は踊る』という古い、古い映画の主題歌であるけれど、それをウィーンの森のなかでいまだにやっているとは思いもかけなかった。新宿にいるのか、ウィーンにいるのかわからなくなった。無邪気さが白ぶどう酒の澄明な泡に沸きたって活力と握手した。すなわちとつぜん声にだして歌いはじめる。

とつぜん片隅のテーブルで若いアジア人がそんな古い映画の主題歌を歌いはじめたので楽師のほうがびっくりした。

「旦那はどこのお国からおいでになりましたんで？……」

「日本カラ来タヨ。俺、日本人ヨ」

「どうしてこの歌をごぞんじなんで？」

「日本人、何デモ知ッテルヨ。何デモ。スベテ。俺、日本人、何デモ知ッテルネ」

楽師は大いに感心して何やら早口でベラベラ話しかけてきたので私のドイツ語はたちまち息絶えてしまった。アンタ、ラテン語話セナイノ。いつも外国語につまったときの逆襲に使うことにしているセリフを吐いたらやっぱり相手が閉口してしまったので、大らかな気持になって、微笑のうちに握手して別れることができたのである。

グリンチング村で飲んだ白ぶどう酒は何だったのであろう。ライン・ワインであったか。モーゼル・ワインであったか。リースリング種であったか。オーストリア産のぶどう酒だとすると何という銘柄だったのだろう。

「ただ一度だけしかない
二度とやってこない
……」

酔って熱くなって叫んでいるうちに酒の味は忘れてしまった。そういう酒であった。

ウイスゲ・ベーハー序章

スコッチは南京虫の匂いがするというフランス人がいる。いっぽう、コニャックは石鹼の匂いがするというイギリス人がいる。しかし、パリでもロンドンでも、おたがいそんな悪口をいいながら、フランス人はスコッチを、イギリス人はコニャックを飲んでいる。敵の悪口をいいながら敵を愛しているといった恰好である。世界に冠たるボルドォとブルゴーニュのぶどう酒、コニャック、シードル、カルヴァドス、アニセット、ビール、手をのばせばことごとく名酒の瓶にふれるようなさなかでフランス人がわざわざ高い輸入税を払って輸入したスコッチを飲んでいる風景はちょっと奇妙なものだけれど、よく見かける夜の光景である。サガンの小説の登場人物はしじゅうスコッチを飲んでおり、その影響ではあるまいかと説明したフランス人がいたが、どんなものだろうか。

スコッチ、アイリッシュ、カナディアン、バーボン、サントリー、これら五種をひっくるめて、今かりに〝ウィスキー〟と総称することにする。この酒は私のとぼしい経験からしても北半球の全圏に浸透して愛飲されるようになった。コニャックやジンやウォツカの入ってない首都、もしくは少ししか入ってない首都はときどきあるが、そんなところでもウィスキーはすべて『ひらけ、ゴマ！』である。北半球のみならず、今では南半球も征服されつつある。それればかりか、品質や製法を問題にしないのであるなら、バンコックのメコン・ウィスキー、サン・パウロのグリーン・アンド・ゴールドなど、それぞれ自国産のウィスキーを持っているのである。北国の霧深い高原の谷でつくられた酒が、たとえ真似事とはいえ、ハイビスカスの咲く南国でつくられるようになったのである。かつてチャーチルは回顧録のなかで、余の父の時代の飲物といえばもっぱらブランデー・ソーダであって、スコッチはときたまの場合をのぞいて飲んだことがなかったと書きつけている。チャーチルの父君が何歳まで生きたか、私は知らないけれど、それでも、一人の男の一生にすぎない。その短い時日のうちにコップのなかは一変した。そこに映る世界地図は全く一変してしまったのである。大英帝国と貴族社会は東西南北から撤退また撤退をつづけたが、ウィスキーはあべこべに進出また進出をつづけた。コニャックもジンも宣伝ではウィスキーとおっつかっつのはげみようだけれど、売れかたの抜群ぶりではやっぱりウィスキーに劣る。とすれば、その魅力の秘密はウィスキーの味、香り、酔心地、それから、何かしらどう説明もしようのないもののなかにこそあると、思わずにいられない。

味覚の分野ではわが国には刺身というものがある。これは素材そのもの、原料そのもの、モノそのものの魅力を追求する芸術である。味覚というものはつきつめていくと個人個人の偏見であり、独断であり、主観であって、ソバが好きだという人をビフテキが好きだという人が批評したところでどうしようもないものである。ソバはソバであり、ビフテキはビフテキなんである。かつて二十数年前、私が酒の戦争の最前線の二日酔いの一歩兵だった頃、明けても暮れても日本酒とビールを敵にして宣伝文を書きまくり、ヘトヘトになっていたのだが、せめてオデンの屋台にウィスキーの瓶がおかれるようになったら、もうそれで目を閉じていいと思っていた。それは何年もたたないうちにどこでも見かけられる光景となり、内心私は、制覇成れりと拍手したのだったが、ウィスキーはさらに浸透しつづけ、とうとう寿司屋の棚にまで瓶がおかれるようになった。それも日本全国、北から南まで、海岸部も、平野部も、山岳部でも、いたるところでである。水割り、ハイボール、オンザロック、ストレート、どう演出しようと、ウィスキーが寿司や刺身にマッチするなどとは私は爪からさきも考えたことがなかったので、この日本人の酒徒の滑脱の転変ぶり、応用ぶりには、ホトホト、呆れるやら脱帽するやらであった。そして、そこまで読めなかった自身の不明ぶりを恥じつつ、〝もののいきおい〟というもののすさまじさにすっかり圧倒されてしまったのだった。

肉体の疲れは糖分で癒される。心の疲れは酒精を求める。小笠原の沖でガンガン照りの日光に汗をしぼられている私は、おどろくべし、ミツマメの罐詰に夢中である。雪崩れを警戒しつつ早春の渓谷にイワナやヤマメを求めて足音をぬすみぬすみ浸透していくときの私のリュックにもミツマメの罐詰が入っている。しかし、東京へもどってきた私は、頬のどこかに夕焼けの残照をとどめてはいるものの、ミツマメの罐詰など、食べたくもなければ、想像したくもなく、ひたすらグラスの氷に唇を持っていく。黄昏の書斎にひとりですわって窓外の松林を見ながら封を切るのはウィスキーの瓶であり、ウォッカの瓶である。文明と、政治と、時代の、複雑さや混沌ぶり、コトバやイメージの氾濫にくたびれた心は酒精に赴く。乾いた、単純な、深い、磨きぬかれ、円熟した一滴の、その一滴ごとの小さな、あたたかい舌のうえの炸裂と開花が私にとっての唯一のたまゆらである。玉揺らである。このひとときの心のたわむれを禁じられたら、私は狂いだすことだろう。清教徒は〝美徳〟を強制したがために禁酒法時代というとてつもない悪徳の氾濫をつくってしまった。スターリンはおよそ思いつけるかぎりと奇想天外の強制、抑圧、拷問、流亡、血と呻吟の何十年間を出現させたけれど、とうとうウォッカの味は変えられなかったし、禁止することもできなかった。毛沢東も、江青女史も、四人組も、酒だけは禁圧できなかった。ソヴィエトのアエロフロートの機内でだされるのはウィスキーであり、中国人は中国人で彼らがウィスキーと考えるものをつくりだし、それに〝威士忌〟という銘をうった。大魔王も無名人も、ヨーロッパでも、アジアでも、スカンディナヴィアでもアフリカでも、東南アジアでもラテン・アメリカでも、なぜこれほどウィスキーが争って飲まれ、つくられるようになったのだろうか。たった百年前、五十年前から見れば異常現象と呼ぶしかないようなこの異変ぶりは何なのだろうか。ウィスキーの何がこれほどまでに人の舌と心をとらえるのだろうか。

この頁以後に展開される博雅の諸家、人間探求の専門家たちの、あらゆる角度からする論と語を、諸兄姉は心して読まれたし。そして、一冊を読破したあと、ウィスキーを一口すすってみて、その一口と読後感のどちらに『ひらけ、ゴマ！』といいたくなるか。舌のそよぎと心の赴くままに、風にも似たその行方をつくづくと眺められんことを。

（ウイスゲ・ベーハーとはゲール語で〝生命の水〟を意味する）

やっぱり地球は回っている

生まれてはじめて飲んだのは、いつどこで、どんな酒であったか、ということが思い出せないんだ。おそらく正月の屠蘇をひとなめしたとか、梅酒あたりを飲まされて、ポッと赤くなったとか、ウィスキーボンボンなんてしゃれたお菓子はまあ年に一ぺんぐらいしかその頃の子供は食わなかったんだと思うんだけれども、そんなもの食って、一かけらの馥郁たる香に酔払った記憶はある、がどれが飲みはじめだか定かでない。

俺のおじいさんというのは、たいへんな酒のみであった。北陸の水呑百姓の七男坊とか八男坊とかに生まれて、ほっといたら肺病で死ぬという当時の流行におびえをなして毛布一枚で大阪へとび出してきた。それが車挽きからはじめて、粒々辛苦、悪戦苦闘、七難八苦、四苦八苦、七転び八起きの末、ようやく家作何軒かを持ち、村の誉れという、頭はいいが金がないので師範学校へ行ったのを郷里からつれてきて、婿養子にして娘とかけあわした。そしてできたのが俺なんだ。この親父は謹厳実直一点張りの小学校の校長先生で、俺が中学一年のときに死んだ。

じいさんは、功なり名遂げてから、ようやく〝一杯やっか〟と飲み出したからとてつもない大酒のみだった。じいさんの飲み方は威風堂々たる飲み方で、飲んでいるのか飲んでいないのかわからないのだけれども、いつの間にか気がつくと、一升ビンが台所に林立する有様で、母親やら叔母なんかはそのじいさんの飲み方は非常に豪儀な飲み方であるといって、親父が飲むといろいろ批評するのであるが、じいさんが飲むと批評しないでほめてばかりいた。やっぱり養子はあかん。だからイタイケな俺は、将来酒を飲んでほめられるような大人になりたいと、深く肝に銘じたのや。

じいさんは、毎晩酒を飲むのであるが、古い大阪のしきたりで自分専用のお膳を持っていた。そこに福井の固煉りのウニだとか、若狭の浜焼きのカレイだとか、越前ガニだとか、いろいろご馳走がのっかっているが、それは誰もたべることができない。じいさんだけがたべて飲んでいるのである。じいさんは孫を愛したから、俺にときどき恵んでくれる。だから幼少の俺は、その膳の縁にチーンと待っていて、じいさんが早く酒をすまさないか、そのお余りがこないかと思って心をおどらしていたのであるが、そのときどうかすると、ほんの一杯だけ恵まれたりした。これは古きよき時代の話や。

冬になると、よく郷里の福井県から酒の粕を送ってきた。福井県というところは米がよく、酒もなかなかいい。だからその酒粕もアルコール気がたっぷり入ったうまい酒粕で、白く、硬かった。今のようにべちゃべちゃしていないのである。

余談だが、今の酒粕というのは味噌みたいな酒粕が多いので、こまっちゃうナ。その白い硬い酒粕にザラメの砂糖を包んで、火鉢で表返しにしたり裏返しにしたりして焼くと、砂糖が溶けてくる。酒粕がこげていいにおいがプーンとする。それを妹が火鉢の向う側にいる、俺がこちら側にいるで、取りあいをして食った。妹はすぐ酔っ払ってフラフラになってしまう。俺もいくらか酔っていい機嫌になる。それでお医者さんごっこを押入れの中でしたりした。キタ・セクスアリス第一章や。

　小学校、中学校と進んでゆくうちに、戦乱にわかに険しくなり、学校で祝祭日にもらう饅頭も、はじめのうちは紅白の饅頭二つが一つになり、それがパンになり、そのパンもなくなった。そしてひたすら防空壕掘りになった。

　戦争中に飲んだ酒でいちばんよく憶えているのは、そのころ山梨県の赤の生葡萄酒――酒石酸を採るために酸を抜いた脱酸葡萄酒というのがあって、この酒石酸はアルミニウムに使われて飛行機を造るのに必要だとかいう説明をきかされていた。だから日本の飛行機は葡萄酒でとんでいたことになる。飛行場にイモを作ったこともある。イモからアルコールをとってそれで飛行機をとばそうというんや。松根油でもとんだ。飛行機は何を食わしてもとぶものらしいデ。

　その脱酸葡萄酒がわが町内にも配給になった。飲んでるとひどく気持がよくなって、丁度夏のころだったので、物干し台で涼んでいるうちにねてしまった。どれほど時間がたったのか？　ふと目ざめると、大空が俺の上にあった。しかし星の位置が変っていた。ああ、やっぱり地球はまわっていると俺は感じたナ。俺が御年十四歳の時のことである。これはじつに明晰にいまでも記憶してるのや。

　それから次に、戦争に敗ける二、三カ月まえだったから、五、六月ごろになるかしら。それが特配と称して、レッテルの貼ってないビールが配給されたことがあった。それがビールの飲みはじめだったんだけれども、あまりうまくなかった。もちろん電気冷蔵庫などないし氷も手に入らない時代だから冷してないんで、アブクがいっぱいで、なんかこれはほんとに馬の小便のような感じであったと、俺は憶えているぞ。

これも俺が御年十四歳、中学三年のときやった。

シュトルム・ウント・ドランク

大学を出るか出ないかというとき朝鮮戦争がおっ始まった。毎日はったやったが始まったんだけれども、日本の新聞は報道管制をされていたから、いったいあの戦争のいろんな何かはいまだに茫漠としている。ただ何やらものすごいことやってるらしいということだけが伝わってきた。けったいな戦争や。

一方、日本は朝鮮戦争後ますます復興していくかのごとくであった。しかしこの俺は大学は出たけれどどこへ就職する気もなく世の中を呪い、何をすることもなく人づきあいは大嫌い。そこへ焼跡の青カンが実を結んで子供ができてしまった。子供ができてから駈落という段取だから念がいっているワ。

ここに二十一歳の父親が誕生したんやけど、奨学金をもらうとドライミルクを買いに走るという有様で、いやはや語るに落ちた話。いまどきの若いやつがみんなスイスイとそんなへマやらないでやってゆくのをみると、俺は羨ましくて仕方がない。しんそこ、ヤケてくるんだぞ――。

大学は出たけれども就職する気もない。うろ覚えのフランス語で心斎橋の洋裁店のマダムに『ヴォーグ』をでたらめに翻訳してやったり、臆面もなく英語会話学校の先生さまになったりした。ところが子供はヒーヒー泣く、女房は働かねばならぬ。子供の体重は減っていって、私は月に何べんか必ず女房のかわりに子供を抱いて銭湯へゆく。その恥しさ、うらめしさ……。

ところで女房はウィスキー会社の研究室に勤めていて、ブレンドの実験をするお余りが出ると、そのお余りを自分で勝手にブレンドしてフラスコや試験管に入れて持って帰ってきて「さあ飲んでんか」という。ここらあたりも浪速女でんなァ。このブレンドは女房が勝手にブレンドするんで、あるときは非常にうまいけれども、ときには何かもうニュートラル・アルコールだけというようなのもあった。そういうものを私は飲んでいた。それでただゴロンゴロンとしていて、人嫌いでどうしようもなかった。

ところがそういうことをかれこれ一年ほど続けているうちに、世の中は葛西善蔵が生きていた時代ほど甘くはなかった。だからこれではにっちもさっちもやってゆけなくなってとうとう女房と入れ替りになることとあいなった。その頃民間放送が登場して、コマーシャルというものが必要になった。いくつか書いてそれを佐治敬三なる人物のところへ持っていった。彼はそれを一枚五〇〇円で買ってくれた。しかしそんなことしていたんじゃとても追っつかないので、選手交代というので、女房と入れ替りになった。それでウィスキーの宣伝をして、めしを食うことになったわけ。

いつのまにか世の中からバクダンやヤミ市は姿を消していた。酒らしい酒を求めはじめる時代であった。トリスが売れる時代になっていた。私は自分でトリスの宣伝文を書きながら、トリスブームにおったまげた。トリスはサントリーがつくったのだが、時代がつくったものといった方がいい。トリスブームは天の時、地の利、人の和だった。

パチンコというものは戦前は子供の遊びであった。それが戦後日本で大人の遊びになった。日本全国津々浦々チンチンジャラジャラチンジャラジャラ、まことに大騒ぎ。たちまちのうちにエスカレーションで伝播した。そして一分間に三〇発四〇発という連発機関銃のようなものまではびこったけれども、これは博奕(ばくち)のたぐいであるというので禁止された。しかしパチンコ屋の浮き沈みなどを尻目にトリスバーは当時ものすごい勢いではやった。そして「洋酒天国」というのを出した。いまのパンチだとかプレイボーイだとかいうしゃれた雑誌は出ていないから、うけたね。ジャーナリズムの盲点を衝いて、しかも商売気抜きで作ろうというんで作り出した雑誌です。一般の本屋には売っていない、トリスバーでなければ読めないというふうにしたから、いよいよトリスバーがはやった。この雑誌の発行部数は三万部で出発して、翌(あく)る月には五万部、その次は七万部とどんどん伸びてゆき、天井知らずの部数になったけど、タダだから部数が伸びるたびに、身を切られる思いもした。

ハイボールだとか、カクテルなどまだ物好きの一部ハイカラ族のものだったんだが、あっという間に全国に拡まってしまった。しかしハイボールの作り方というのは、知識が普及していないから、金沢の香林坊という繁華街でバーへ入って飲もうと思って、ハイボールをくれ、といったら、ウィスキーをサイダーで割って持ってきた。北海道の札幌でハイボールをたのむと、ウィスキーをみかん水で割ってきたりする時代でもありましたナ。

サントリーという会社には、他の会社と一つ違った点があった。現物給与でウィスキーをくれるのである。現物給与のためにウィスキーをつくった。労働組合がつくっていた。それを闇市へ持っていって金にかえ、給料のタシにしろという習慣の名残りや。ローモンドという名前である。ロッホ・ローモンドのローモンド。大阪ではローヤンというていた。

俺が芥川賞をもらったときに、遠藤周作にこのローヤンをやると、遠藤周作は普通に買えないウィスキーをもらったから「これこそ門外不出のものすごいウィスキーだ」と感激しつつ梅崎春生をダマした。俺はダマすつもりはなかったけれど島尾敏雄にも飲ませた。島尾敏雄はそれを氷金時の皿ですすった。そして人づきあいをすると血がにじむとつぶやいた。

俺には茶化したりおひゃらかしたりするのがやめられないという性分がある。きっと人間嫌いなんだ。「洋酒天国」はサントリービールの発売と共に「ビール天国」になった。誌上の懸賞でノーメル賞というのを出してみたり、ホラふきコンクールということをやったりした。これは日本全国からホラを募集して、一等とった人にはビール八百本を白木屋特製の大風呂敷に包んで渡すという趣向であった。歌も作った。スコットランドの大昔の酒盛歌を日本風に翻案して、歌にした。酒を飲む気持をよく現わしている民謡で、小さなものからどんどん大きなものに発展する……「飲むなら飲もうよ底まで飲もうよ」というのだ。それから「お猪口だよ、グラスだよ、コップだよ、ジョッキだよ」とだんだん大きくなって、最後に「池だよ川だよ、海だよ」と、こうなる。バーにいってみたら「飲むなら飲もうよ、アソコまで飲もうよ」と、替歌にしてうたっている客がいた。よし、それならこちらも負けるものかと「お猪口だよ、グラスだよ、コップだよ」に「おまるだよ、シビンだよ、キンカクシだよ」というのを入れたんだ。そしたら会社のエライさんにおこられてね。

トリス騒ぎが一段落つくと、こんどは世の中がかなり部厚く復活してきた。

つまり、「もう戦後じゃない」という時代に入ります。俺の心にあいた荒地はいまだにあるんだけれども、その荒野を充たす場所が日本中になくなってしもうた。そんな感じがありましたね。安岡章太郎が服部達が自殺したときのことを書いて、戦後派というものは戦後が終っちゃうと潜函病をおこしてしまうのだと書いたことがあったけれども、たしかにそうだと思う。俺にはジーンとくる。海の底深くもぐっていた人間がいきなりとび上がってゆくと肺が破裂するような、ああいう状態ですよ。戦後派作家たちはみなそうなんだ。

ともかく心の渇きがあったわけやね。荒地というものはいくら水を吸っても吸いきれない。海綿みたいに飽和するいうことがない。荒地というのは果てしなく液体を吸いこむのだ、酒をね、ジュージュージュージュー吸いこむ。だから私なんかの戦争体験とか戦後体験とかいうようなものは、それ以前の世代にくらべると、生やさしいものがあるやろうと思う。だが、その子供ですらあんだけジャボジャボ酒飲まずにいられない——わけもわからずね。大人になりたいからとか、早く一人前の顔したいからとか、自分自身を大人と感じたいとか、いろんな気持はあるけれども、結局後からせきたてられていて、なぜか飲まずにいられない、酔っ払わずにいられない。子供ですらそんなに飲んでるんですから、大人となると武田麟太郎がメチールの目つぶれで死んでしまったり、坂口安吾がアルコールで追っつかなくなってヒロポンやら麻薬をうったり、田中英光がヒロポンポリポリやりながら酒飲んだりという時代があったんです。大自然のなかで暮すと人間が崩壊するんだ。戦争とは大自然期なのや。焼け跡は西部で闇市は野営地で、復員兵は移民なんだ。みんな〝再出発!〟と叫んでいた。あの絶望と昂揚はどこへいったのや。コップのなかで蒸発しちまったのか。

イセエビが電話をかける

いつごろからともなく私は酒場遊びをやめた。酒場でなければ得ることのできない人生についての耳学問の突飛さや貴重さはよく知っているつもりだが、酒の注げる女が見つからなくなったし、原稿料はいっこうに騰貴しないし、いろいろのことが明滅して、やめるともなくやめてしまったのである。自前で飲むのはベラボーだし、原稿料はいっこうに騰貴しないというのは昔からのハナシで、いまさら議論する気にもなれないから、それを承知で長年月貢ぎつづけてきたのに、やめる気になったのは、あることがあって無常を痛感し、一挙にそれからのめりはじめ、その余波の一つとして酒場通いがわずらわしくなりはじめたのであろう。

酒を注ぐというのはなかなかむつかしいことである。注がれた酒がどんなに高貴で高価であっても、注ぐ手がまずければドブロクより酒が下落するということがしょっちゅうある。ひとりで部屋にたれこめて黄昏に飲む酒がわれ知らず大酒になって大酔いするのは、注ぐのも飲むのも自分ひとりだからである。ツベコベいうやつもいず、チヤホヤいうやつもいず、壁にゆらめく自分の影と回想だけを相手にしてたわむれていると、これくらい愉しいことはない。男にとって思い出以上の酒のサカナはまずあるまいと思われるほどである。小人閑居して不善をなすという古語はひとり酒のあまりの愉悦をたしなめるためではなかったかと思えるほどである。若ければこれはオナニーのことかと勘ぐる向きもあるかもしれないけれど、人にも果実にもそれぞれの時期と熟度があるというものである。

　酒場通いをやめると作家、批評家、編集者など、同業者とフッツリ顔をあわせることがなくなり、ときどき拙宅へ回遊しておいでになる編集者諸氏から、アレはどうしてるか、コレは女とうまく切れたかなど、もっぱら耳で消息を聞くだけになってしまった。もともと小説家を養うのは隔離であるから、人と会いたければ、同業者であるよりはむしろしばしば他の業種の人たちであるほうが好ましいのである。同業者と会うのはホンのときたまであるほうがいい。そうしてそのとき、同業人でなければ通じあえないメチエの秘密をそっと交わしあうのがいいようである。小説家が日頃つきあうのに望ましい職業人は、小説業者以外ならすべていいのだが、とくに選ぶとなれば弁護士、医者、刑事、泥棒、乞食、社会部記者などであれば一層望ましいということになるだろうか。好色家、美食家、好事家などはさらによろしいようである。青年よ、森羅万象に多情多恨なれとは、武田泰淳氏の名言である。

　そういう次第で、近年は誰とも切れ、彼とも会わず、ただ噂で誰彼の暮らしぶりを仄聞するだけになってしまったのだが、どうやらみんな似たようなぐあいであるらしい。酒場に元気に出没するのはもっぱら新人諸氏で、旧人諸氏はめいめい甲羅にあわせてマイホームにひきこもり、おたがい往年ほど行ったり来たりもせず、沈香も焚かず屁もひらず、犬を飼ったり、レコードを聞いたりの毎日であるらしい。しかし、だからといって作品までがそれにふさわしいものになるかどうかは誰にも断言できないのであって、ニコヤカなマイホーム紳士が不逞の思惟、深淵の感覚をひそかに養っているのはしばしばあることである。作家は仮面紳士で逃亡奴隷なのだという伊藤整氏の指摘を待つまでもないことである。

十年ほど以前には私はよく安岡章太郎大兄に電話をしたものだった。そのころはニセ電話をかけて相手を踊らせるのが流行っていて、さしたる用事がなくてもダイヤルをまわして先方の消息をまさぐるのが習慣だった。それも近年はおたがいすっかりすたれてしまい、三年前にヨーロッパへいっしょに講演にでかけたときはべつとして、昨年のことを思いかえしてみると、ある文学賞の審査の席で顔を合わしたのが一回と、ひま電話をかけたのが一回と、それくらいのものだった。大兄はそのときフランスへ飲みと食いの旅行にでかけて帰国したばかりのところで、リヨンのポール・ボキューズの店で満足した話をしきりにくりかえし、イノシシの肉をステーキ風に焼いてだしてくれたというのだった。野趣があり、脂ッこくなく、腹にもたれず、絶品だったとのことである。

「それにかけるソースはだナ、リヨン風にしてくれ。やっぱり。それでなきゃ、ダメ。スープはカメのスープがいいな。コンソメ仕立てでなあ。金色に輝やいてるんだ」

「ボキューズの十八番はスズキをパイで包んで焼いたやつだけど、どうします。私は二度ほど食べたことがある。うまいもんだけれど、とくにボキューズ大先生といって恐れいるほどのことはなかったようだけど」

「そりゃお前、やっぱりホームグランドでやらせなきゃだめだよ。リヨンへ行くんだね、リヨンへ」

「サラダはどうします?」

「サラダはね、ウン、レタスを使わないでくれ。そうだナ、クレソンだけでもいいぞ。酸っぱくないドレッシングをかけてくれ」

「酒はどうします、酒は」

「酒か。酒はナ、プーイイ・フユイッセならわるくないな。プーイイなら、何年のでもいいぞ。シャムベルタンなら六四年。いや、七〇年でもいい。七一年でもいいな。そのあたりならシャムベルタンでもわるくないな、お前」

しばらく会わないうちに大兄はフランスぶどう酒についてすっかり口うるさくなり、しきりに銘と年号をあげたあげく、アハハと笑って電話を切った。

昨年書きちらしたメモを整理するうちにそのとき料理と酒の名を何げなく書きとめたメモがでてきたので、ここに紹介してみたのである。苦しむのは書斎だけでも精いっぱいだから、たまの電話はこういうことでいいのだろうと思う。作家というものは、薄暗い海底の一つの岩穴に一匹ずつ入って入口のほうを向いてうずくまっている甲殻類であるような気がする。ヒゲをうごかして餌(えさ)をまさぐるように電話をしたり、レコードを聞いたりしている。

そのうちに気がついてみると体が穴につかえて身うごきできなくなったり、ひょっとすると殻だけになってしまったりしていて……

救われたあの国、あの町　正露丸、梅肉エキス

　子供のときは病弱そのものだったが、家が郊外に引越してからは毎日のように釣り、搔掘り、トンボ釣りなどでまッ黒に日焼けし、体質が変った。そこへ中学二年生のときから勤労動員に狩出されて、明けても暮れても貯水池掘りだ、材木運びだと、汗まみれの土方暮し。敗戦になればなるでパン焼工だ、旋盤見習工だと肉体労働。おそらくこういう生活のためと、粗食のためとで、肉体そのものが一変し、二変し、病気知らずになってしまった。躁鬱気質を病気と見るなら精神病者と考えなければならないが、これについては大量の頁が必要なので、今は省略させて頂く。

　小説家になってからも、躁鬱と二日酔いと、ときたまの風邪をのぞけば、病気らしい病気はしたことがない。しかし、四十五歳をすぎると、胆ノー結石で石といっしょに胆をぬきとられ、同時に体内のあちらこちらに痛みが走ったり、きしみ音がするようになってきた。そこで、いつからともなく、海外へ出かけるまえには人間ドックに入ってすべてのパーッをしらべてもらう習慣となった。それで自信もつくし、用心深くもなる。ただしこれも善悪二面あって、日頃は何ということもなくやっていけてるのに肝臓がチョットとか、肺がスコシ……などと医者に指摘されると、それに神経を巻きとられて、のめりこみ、ほんとに病気になってしまう人がいる。まさに病イハ気カラの例であるが、ススキの影をゴ

ーストだと思ってしまうのである。御用心を！……

二十年近くの昔にレントゲンで腹を覗かれ、腸が平均よりぐっと短いという事実を教えられた。これは生まれつきだからどうしようもないことなのだが、おかげで人よりもしげしげとトイレにかようこととなる。つまり腸が短いために雲古が長時間、滞在していられず、すぐに出してくれ、出してくれと小さな手で裏口をお叩きになるのである。そしてこの旦那はせっかち屋だから一度いいだしたらあとにはひかず、今ダ、今ダとダダをこねる。おまけに何歳になっても神経過敏で、それが旦那をあおりたてることとなり、いよいよトイレにかようこととなる。原稿の締切日が近づくと、ほとんど一時間おき、三十分おきにトイレにかよう。軟便、水便をとおりこして、とっくに出るものは出つくしてるものだから、空便としかいいようがないのだが、トイレにいかずにはいられない。原稿仕事がなくても都会で暮していると、たいてい軟か水である。それが釣竿を持って山に入り、谷川のせせらぎやウグイスの鳴声を聞くと、とたんにストップする。むっちりとした、こなれもいいがシッカリと手ごたえも愉しめる健便となるのである。これは祖国でも外国でもまったくおなじである。文明の爛熟度、濃度、抑圧度はアタマより一足さきにお尻で判明する。

したがってバッグのなかにはいつも下痢止めの薬瓶が入っている。正露丸かワカ末である。正露丸の蓋をとってその古風なクレオソートの匂いをかぐと、古い香水瓶から過去の記憶がたちのぼってくるといって呻めいたボオドレールのように、これまでにその薬といっしょに暮したあの国、この国、あの町、この都、無数の記憶が小ネズミの大群のようにわきだしてきて圧倒されそうになる。ごぞんじのようにこれは明治以来のわが国の兵隊の腹を何百万、何千万とくぐりぬけることでキタエられてきた薬だから、下痢止剤としてはもっとモダーンで、もっといい薬があるのかもしれないけれど、そのネバネバした小さな団子にはまったりと底厚い信頼感が託せそうな気がする。キラキラしたクスリというものは何となく不安な感じがするものだしネ。××丸と、あくまでも伝統を捨てようとしない頑固さが、いまどき、うれしいじゃないか。昔なら〝がん〟とルビをふらずに〝ぐぁん〟とふった字である。

梅肉エキスも昔から卓効のある民間薬として知られていて、抗生物質万能のこの時代にも立派に生きのびているようである。しかしこれは人工的に合成したり、何やらを混合したりしたのではなく、徹底的に梅そのものをトロトロと煮つめた〝まごころ〟作でないと思わしい効果がないようである。アマゾンへ釣りにいくときまってからたまたま遊びにきた弘明寺の美松和男君に梅肉エキスの話をすると、彼はだまって聞き、つぎに来たとき、ハイ、これといって一瓶をさしだした。話を聞いてみると、シュンの、最盛期の梅をどっさり買いこみ、一粒ずつ洗ってフキンで拭き、傷やシミのあるのを捨て、大釜いっぱいにつめこんで文火(とろび)で何時間となくクツクツことこと煮つめたのだという。その厚情にたじたじとなり、とりあえず手元にあったボルドォとブルゴーニュのいいのを一本ずつ贈呈したかと思うが、あの激暑と悪水の国で食あたり、水あたり、下痢、腹痛などが訴えられたとき、それぞれ一舐めさせると、気持がいいほどよく効いた。そこで残りを大事にとっておき、つぎの南北両アメリカ大陸縦断のときにも活用させて頂いた。

二日酔いになったらどういう手をうつか。これは禿げをどうしたらいいかとおなじくらい大昔からの難問である。なってからあわててもすでに遅いのであって、飲むまえにそれにふさわしい予防策を講ずるべきじゃよと、賢い人はおっしゃる。たとえばそのフルコースの一例を申上げると、今日はヤバいことになりそうだと思ったら、飲むまえにトーストにバターを靴の半革ぐらいもコテコテ塗りつけたのを濃い牛乳といっしょにやる。そうすると胃の内壁に脂肪の膜ができて、アルコールの浸透を防いでもらえる。飲みにかかったら原料の異なる酒をチャンポン飲みしないこと、醸造酒よりは蒸溜酒を選ぶこと、それもなるべくスッキリした、淡白なのを選んで飲むこと。それから飲んで、騒いで、タハ、オモチロイと狂いまわったあげく家へもどって寝床にたおれこむときに、かならず大コップに水をなみなみと一杯か二杯飲むこと。もしそのとき忘れたら夜なかに御叱呼にたったときにやること。そのときも忘れたら翌朝眼がさめたときにやること。多年の数えきれない武者修行のうちにそういう処方を編みだしたのだが、たいてい間にあわないか、忘れるか、ツイツイ浮かれちゃって……ということになる。どうしても、ツイツイ。ということになる。

そこでつぎにツイツイ二日酔いになってしまったら、どうするか。これを議論しだすと、百人百説、みんな口ぐちに自家処方を述べたて、それだけで酒のサカナになるくらいである。アルカセルツァーという白い錠剤はコップのなかでぶくぶく泡をたて、舌に荒涼とした、むきだしのコンクリ壁のようなニヒルを残す薬だけれどよく効く。もしそれがなかったら、熱い番茶にボタボタのぶざまな、太り気味のお婆ンのオッパイの先端はこうでもあろうかと思えるような、皺だらけの大粒の梅干、これを入れ、よくつきくずして、お茶といっしょにすること。それからムカムカ、ヅキヅキ、ゲロゲロをこらえこらえ、何でもいいから食べること。つぎに熱い風呂に入ること。手元にある胃腸薬をのむこと。お風呂の湯気のなかで失心しそうになりながら、もう酒は二度とやらないぞと、ひたすら思いつめること。祈り上げること。誓いぬくこと。そしてそのあと、恐る恐るちびちびと迎え酒をすする。

マ、そんなところか。

以上の処方のうちでも遠い国へいくときにお茶の缶と梅干をそろえて持っていくのはなかなかできにくいことであるから、アルカセルツァーなり、胃腸薬なりは、ドリンカーとしては必携の常備薬だということになる。正露丸もこの点ではなかなか効くので、いよいよ手放せない親友である。お茶、梅干、アルカセルツァー、正露丸、牛乳、バターこてこてのトースト、熱い風呂、以上の何もないところで大酒を飲んだときは、寝床にたおれこむまえに水を一杯か二杯たっぷりと飲むことである。これで翌朝のダメージがずいぶん軽くなる。アルコールが大量に体内に入ると、いわゆる脱水症状が起って、あちらこちらが焼けるのだ。それをなだめ、おさえ、中和、鎮静させるのが水である。水はここでもやっぱりありがたいのである。これを忘れてはいけない。酒を飲んだら水を飲め。これが十戒の第一戒である。エホヴァがそうおっしゃったかどうかはわからないけれどバッカスはそういましめておられるゝである。

それならはじめから飲むときに水割りをやればいいじゃないかという説がある。それはそれで理屈になっているし、正しいのでもあるが、水割りにするとせっかくの酒の味がこわれてしまうということがある。これは面白くないので、ストレートで一口やったらそのあと氷水を一口やるというぐあいにやればよろしい。これだと酒の味が一〇〇パーセント味わえたうえにそのたびそのたび舌が洗われてフレッシュになるから一五〇パーセントの鑑賞がたのしめる。そのうえ二日酔いの防止にもいいのだから二〇〇パーセントたのしめるということになるのだが、如何かナ。

なお、一言つけたしておくと、水割りだと肝臓の負担が軽くなると思いこんでいる人がたくさんいるが、体内では水は水、アルコールはアルコールと分離されて作業がすすむので、ストレートだろうと、水割りだろうと、肝臓が負担しなければならないアルコール荷はおなじである。むしろ水割りは口当りが軽いのでかえって飲みすぎるという結果になりやすい。

眼にのこるドリンク場面の数例。

『ホブスンの婿選び』のロートン。

『大いなる幻影』のシュトロハイム。

『リラの門』のブラッスール。

『地の果てを行く』のギャバン。
西部物のリー・マーヴィン。

淡麗という酒品

釣りで地方へでかけると、夜、咽喉(のど)にお湿めりをくれてやりたくなる。きまって土地出来のを、それも辛口のを、とたのむことにしているが、一口すすって思わず眼をひらきたくなるような正宗にはめったに出会えない。辛口、甘口のほかに酒造家には《うま口》という表現がありますと、昔、灘の某家の重役氏に教えられたことがあるが、飲んで飲みあきない酒という意味である。そんな言葉を冠したくなるような名品は有名、無名を問わずめったにないので、たのむときから期待をかけない習慣である。

だから、たまたま思いがけず剛健だったり淡麗だったりする名品に出会うと、一も二もなく脱帽したくなる。その県の住民全諸氏を一挙無差別にほのぼの尊敬したくなったりするのである。昔、冬の諏訪湖へワカサギの氷上釣りにでかけたとき、旅館で魔法瓶につめてくれたのがたまたまベタ口でなかったので感動をおぼえ、旅館を通じて蔵を見せて下さいとたのみこんだことがあった。蔵へいってみると〝温故知新〟をわきまえていて、古い沈潜のうちにも新装置の精緻な華やぎぶりもうかがえ、謙虚だけれどよく充実している気配があった。老杜氏があらわれて利き酒をすすめてくれ、一口ずつすすっているうちにとろりとなったのはよかったけれど、あくまで謙虚、丁重な口調ながらも鮮鋭な執念深さで香立ちは、酒品は、咽喉ごしは、舌ざわりはと問いつめられ、すっかり狼狽(ろうばい)する。半可通はたちまち黙ってしまった。

今年の私の淡水の釣りはお話にならない成績だったけれど、日本酒では二つ、名作に出会うことができた。一つは新潟県、一つは山形県である。いずれも古酒であって、電柱の碍子（がいし）に使われるような硬質陶器のカメで数年寝かせたものである。坂口謹一郎博士は『古酒新酒』のなかでくりかえし、日本酒が一年以上たつとダメになるという酒造家と酔徒両者の思いこみを鋭く批判しておられ、何年も奥深く眠った日本酒にはある種のシェリー酒の風格がつくと指摘しておられる。まったくそのとおりなのである。奥深くたっぷりと正しい涼暗のなかで眠った新潟と山形の二作には米からつくった酒のはずなのにブドーからつくったシェリー酒にそっくりの風格が匂いたち、一口ごとに何度も眼を瞠ったものだった。それらは〝淡麗〟そのものであり、みずみずしく爽やかで、濃く媚びることなく、終始なにげなくふるまっている。眼がいきいきと輝き、どこか人をそそのかし、茶目っぽいところがあるのに、床（ゆか）しくわきまえて悪訴えしようとしない気品があり、深い竹林の精のすがすがしさと柔らかさと微笑があるかのようだった。ある種のボルドォのような成熟した凄みのある濃艶はないけれど、これは忘れられない。〝童女〟とも、〝娘〟とも、〝女〟ともつかない、こういう女に出会ったら、どんなことになるだろう。

この二作が二作とも、じつは、市販品ではなかった。新潟のは蔵元でじかに飲ませてもらい、山形のは直営の料理店で飲ませてもらった。税務署との関係はそれぞれどうなっているのか、とろりとしているうちに忘れたけれど、フランスなら〝プリヴェ〟、スコットランドなら〝プライヴィット・ブリュー〟と呼ばれて、何やら自信満々のウィンクやした り顔といっしょに登場するのかもしれない。しかし、決定的にいえることが一つある。つまり、やる気になりさえすれば現代日本でもみごとな国酒ができるということである。そのつくり方はわかっていて、原料も技術もあって、どの年からでも着手できるのである。ただその気になるかならないかだけのことなのである。その一点だけである。

ある年、鹿児島へいったときに、当年出来のではなくて、何年も寝かせたという焼酎を出されたことがあったけれど、これはたいそう気品高い風格のものだった。いい酒を飲むと何となく襟を正したくなることがある。誰も何もいわないのに滅茶飲み、乱酔など、できなくなる。どんな頽廃、放縦が描かれていようと頁の背後に、作者に持するところさえあれば微塵も汚穢が顔に塗られないのとおなじである。酒と文学は原料の選び方、仕込みのやり方、腐らせ方、寝かせ方、細部の気のつかい方、無数の点でそっくりである。わからない人にはいくら飲ませてもわからないし、解説したってにわかに飲めるものでもない。その点でもそっくりである。そして盲千人、目明き千人という鉄則がやっぱりあって、日頃あんなだらしないベタロや水焼酎を飲み慣れているはずなのに、その念入り焼酎が売りだされたら御当地の酔徒はやにわにめざめてしまったと見え、あれよあれよというううちに売切れてしまったと聞かされた。坂口博士の本にもたまたまおなじ挿話が紹介されているので、思いがけずなつかしさに襲われた。

酒造家が自分たちのことを〝メーカー〟と呼んだり、不景気になれば持山の木を何本か切って、急場をしのぐだけで安心したり、歯磨や香水などがいつからとなく甘口でないのが歓迎されるようになった事態に気がつかなかったり、ウィスキーにやられっぱなしになったあげく中央組合が《ストップ・ザ・ウィスキー》というスローガンを掲げたり……この分野も困った風景がおびただしくあるらしいのだが、堕落がとことんいっちまうところまでいっちまうと、ありがたいことに〃志〃ある人も出はじめる。ほんのときたまにしか出会えないけれど、ぽつぽつ地方の小さな酒造家がベタロでない酒やたんねんな酒をつくりにかかったらしい兆しが見られる。どんな酒を飲んでるかであなたの人格がわかるという眼で見れば、現状についていうと、わが国の民度の低さは眼もあてられない。

坂口博士の文体にあるまろやかで澄明な含み味は定評のあるところだが、この『古酒新酒』も淡麗ぶりがじつに後味がよい。学者の文章にありがちな、おごそかな枯燥がどこにもなく、みずみずしくて、柔らかく、ときにあでやかでもある。『君知るや名酒泡盛』の一章では新しく御高示されることばかりで、この南の島の酒にこれほどの独創の工夫がこれほど深く凝らされていた時代があったとはついぞ知らなかった。不明を恥じたけれど、稀れな驚きも味わうことができて、ひとときのどやかにすごすことができた。

ふしぎな瓶、ふしぎな酒

秋冷の某夜。

松林の虫の降るようにすだく鳴声を聞くともなしに聞きつつ、チビチビと一人酒をすする。しなければならない仕事が塔のようにそそり立っているのだが、毎夜、どこから手をつけていいのか、わからないまま、そのまわりをうろうろとめぐり歩くだけ。

友人と飲む酒、外国で飲む酒、バーで飲む酒、いろいろな酒をあきもせずに飲みつづけてきたが、私がいちばん好きなのは、夜ふけにひとりで飲む酒である。一人酒である。壁の影法師と向いあって自分をサカナにちびちびとやる酒である。一滴ごとに死んだ友人や去った知人、逃げた魚の水しぶき、ジャングルの静寂、荒野の花のことなど、思いだすまま、あらわれるままに光景を眺めつつ、だまりこくってちびちびやるのが、何といっても最高である。

一人酒にいけない点があるとすると、飲みすぎることである。愉しいものだから、ついつい度をこしてしまう。これがよろしくない。いつだったか、二日か三日にジョニ黒を一本あけるというピッチで二週間近くつづけたことがあった。こころのもだもだがあってどうにも結び目がほぐれなかったばかりにそんなことになっちまったのだが、とうとう猛烈な急性胃炎におそわれて、病院へかつぎこまれた。病室に入って点滴がはじまってしばらくすると、たちまちケロリとなったが、かつて一度も出会ったことのない体験であったので、〝年齢〟を痛感、痛覚させられて、スゴスゴと家へ帰った。

去年の四月に私は日本へ帰ってきたが、それまでズップリと心身をゆだねるともなくゆだねていた南米大陸にはさまざまな酒があった。地理的には南米ではないけれど、住人は北米大陸人だという意識と同時にラテン・アメリカ人だという意識で生きているメキシコには、ごぞんじのようにテキラという酒がある。ふつうこの酒はリュウゼツランの根塊を醱酵、蒸溜させた焼酎として知られていて、無色透明の強烈なヤツ。サボテンにつく毛虫の雲古の塩とレモン一片を左手の甲にのせ、それをペロペロ舐めつつカッとあおりつけるのが、エル・マチョ（男一匹）だとされている。昔のわが国の街道の雲助たちが、サカナを買う金がないので塩を手の甲にのせてペロペロやりつつ一杯あおりつけた風習とそっくりである。いわゆる〝手塩で飲む〟というヤツ。

この酒は西部劇にしょっちゅう登場し、テキサスを追われてメキシコに逃げこんだグリンゴ（アメリカ人・外国人）が、日光と、虚無と、復仇心でやるヤケ酒の代名詞みたいに扱われている。しかし、この焼酎も、すべての他の焼酎とおなじで、年月をかけてじっくりと寝かせると、コハク色のまろやかな、いい酒になる。素朴な土臭さをのこした、艶と、コクと、まろやかさのある、いい酒になる。グァダラハラという高原はオパールとこれの名産地として知られ、〝クェルボ〟という一本を木箱からとりだしてやおら一滴を舌にのせてみると、オヤ、と眼を瞠りたくなる。二滴。三滴。オヤ。オヤ。オヤ。

パナマ地峡という中米ベルトで地続きだし、高原はどこにでもあるし、似た気候もまたいたるところにあるのに、どういうものか南米大陸に入るとリュウゼツランを見なくなるし、したがってそれでつくられるテキラも見かけなくなる。いたるところで親しく安く飲まされるのは砂糖キビ焼酎である。南米のスペイン語諸国ではこれが〝カーニャ〟と呼ばれ、ブラジルはポルトガル語なので、〝ピンガ〟と呼ばれている。

スペイン語とポルトガル語はイトコみたいなもので、わが国でいえば四国弁と九州弁くらいの相違があるだけだといわれる。ポルトガル語国からスペイン語国に引越し、遁走、亡命したところで、日本からアメリカに逃げたときのような不便はほとんどなく、一ヵ月もあれば、たちまち語学はマスターできるといわれている。そうか、そうかと、うれしい気持になり、二、三年前のアマゾン旅行のときにおぼえたカタコトのポルトガル語で、ある国の、ある首都のバーに入り、ピンガを一杯くれや、と大きな声でいった。とたんにあたりの酔っ払いたちがとぐろをほどいて背筋をのばしてゲラゲラ笑いだした。スペイン語でゲラゲラやってるが、こちらは何もわからないものだから、キョトンとしていた。するとバーテンダーやら酔っ払いたちが寄ってたかって身ぶり手ぶりで教えてくれたが、それによると、ここでは〝ピンガ〟というと男のアレのことである。しかも黒人の選りぬきのものすごいアレのことをいうのである。中ぐらいのを〝ピンチョ〟。小さいのを〝ピコ〟と呼ぶ。ピンガ。ピンチョ。ピコという順位である（何となくワカルじゃないの）。ずっとずっとあとになってチリへいき、海鮮料理店に入ったら、わが国のカメノテにちょっと似た形のイソギンチャクとも貝ともつかない珍味をだされたが、これは〝ピコ・ロコ〟（狂ったオチンチン）というのだった。

ジャングル暮しをしているときにはアルコール分よりは甘味がほしくてたまらないが、都市に引揚げてホテル暮しがはじまり、とりわけ夜ふけに原稿を書くという作業をはじめると、どうしてもイッパイひっかけずにはいられない。そこで散歩のときに目抜きの大通りの立派な店に入ってオールド・パーだ、ホワイト・ホースだと買いこんでくるのだが、これが一風変っている。瓶型もレッテルもオールド・パーそのものなのに、瓶の首にプラスチックの玉が入っていて、コロコロと音がする。これをグラスにつぐにはコツがあって、目薬瓶をふるみたいに一挙動でシャッとやらねばならないと、わかった。すると、シングル分ぐらいのがグラスにとびこむのである。ダブルでほしかったらもう一回、シャッと手早くふることである。

一センチきざみのマークのついたメートル尺がリボンがわりに瓶に貼りつけられたホワイト・ホースというものもあった。これの設計思想は一瞥で知れた。盗み飲みされたときにその場でわかるように、という配慮であろう。さきのラムネ・パーも、ドクドクとつがれないようにという配慮からの工夫であろうかと思われる。そして、このメートル・ホースもラムネ・パーも、飲んでみると、はじめの一口、二口はたしかにスコッチの味と匂いがしているのだが、三口、四口と進行するうちにだんだん怪しくなり、砂糖キビ焼酎にカラメルで色をつけただけのモノではあるまいかと思えてくるのである。つまり、ウィスキーではなくて、ウイスケと呼びたいソレではあるまいかと思えてくるのである。

毎夜こういうエテモノを飲んでいるうちに、誰が、どこで、どうやってつくっているのだろうかという疑問が芽生えてくる。スコッチそのものがいくらか入っていることは事実らしいのだが、六割か七割ぐらいはカーニャじゃないかと、わが舌は疑ってやまない。ホテルのメイドのオバサンが空瓶をひどくていねいに挨拶して大事そうに持っていく後姿が気になる。それがヴェネズエラでも、コロンビアでも、ペルーでも、どこでもそうなので、どこかに空瓶を集めて、洗って、レッテルを貼りかえて、スコッチまじりのエテモノを一本ずつに注入してるヤツがいるのかしらん、と思うのだが、寛怠と猪突猛進で売ったラテン気質にそんなマメでわずらわしい仕事ができるものだろうかという、さらに深い疑いも、われにはある。

ふしぎなものだョ。

南米のスコッチ。

巷の美食家

鯨の舌

大阪生れで大阪育ちの人間が東京に住むようになると舌がさびしがったりなつかしがったりすることがいろいろとある。通り相場でいえばソバ、ウナギ、にぎりズシ、中華料理、こういうものは東に軍配があがりそうだが、その他のものになると、どうだろうか。夏にトコロテンを肴にしてちびちびと日本酒をすする奇想を教えられたのは東京にきてからのことで、これには感心させられた。しかし、はじめて東京にきたころ、ウドンを食べておどろかされたことがある。醬油でまッ黒のドド辛(がら)いおつゆのなかで煮くたびれたようになってウドンが寝そべっていて、その味のひどさときたらなかった。西のウドンはコブからとった淡白でまろやかなおつゆであるが、あれはヨーロッパのヌードル・スープや中国料理の湯麵(タンメン)などとおなじようにウドンもおつゆも食べてしまうものなのである。ウドンだけ食べておつゆをのこしておくというものではない。それだけの力倆をそなえたおつゆなのであり、そういうふうに作らなければならないものなのである。ときどきウドンをおかずにして御飯を食べている人があるが、十分うなずけることである。西も東もウドンの値はそう大差あるまいと思われるが、おなじ値ならおつゆもウドンものこらず食べられる西のほうがはるかにサービスがいいし、賢くてしかもあたたかいのだと、いえそうである。

東ではおでんのことをおでんと呼ぶが、西ではどういうものか〝関東煮〟と呼んでいる。

これは〝かんとうに〟とは読まず、〝かんとうだき〟と読むのである。東京のおでんには『お多幸』風の濃口と『双幸』風の淡口の二種あって、どちらをとるかはお好みまかせである。おでんも関東煮も、東も西も、いろいろなものをいっしょくたにして煮る混沌が妙味であることはおなじであり、何を煮るかもそう大差がないが、東になくて西にあるのはコロである。西ではコロを鍋にほりこむ店がよくある。これを入れるとダシにコクができ、深くて厚い味が作れるのである。鯨に慣れない東の人にはちょっと臭味があるといってイヤがる人がいるが、ざんねんである。なかには選りぬきのコロをダシとりのほかにそれ自体を煮てだす関東煮屋もある。極上等のコロは海獣独特のあの匂いもなく、イヤな脂のくどさもなく、白く豊満で、そこへいいダシがたっぷりとしみこんだところはこたえられない。

コロもピンからキリまである。これは鯨の脂肪層から脂肪分をぬきとったあとを乾燥させた煎りガラである。〝さらしクジラ〟とか〝おばけ〟と呼ぶのはこれからさらに脂をぬき、匂いをぬきして薄膜状に切ったものであるが、コロにはまだ脂もあり、匂いもあり、味もある。大阪では昔からこれを冬の晩にスキヤキにして食べる習慣であった。鯨の肉そのものもスキヤキにするのだが、コロのスキヤキも安いうえに捨て難い味がある。カチンカチンに乾燥させたコロを一日も二日も水につけて柔らかくし、その際、米糠を使って脂分をいくらかでもぬきとるということをするのだが、それを鉄鍋で水菜といっしょにスキヤキにして煮るのである。きびしい冬の霜をうけた水菜にはホロにがさがあり、それが砂糖、醬油、コロなどとまじって親密な奇味とでもいうべきものを作りだしてくれる。煮るのは火鉢であったり、カンテキ（七輪）であったり、ガスであったりした。そのころはまだ父が生きていて、祖父は壮健な豪酒家であり、越前からきた、少しお脳のあたたかい女中もいて、一家のみんながカンテキのまわりに集ってグツグツとコロが煮えるのを眺めた。霜焼やヒビで荒れた、よくはたらく手に箸を持って母がコロを配ってくれたり、水菜をつぎたしてくれたりした。コロにも水菜にもあったが、そのころは都会の中心にいても季節がひしひしと体感される時代であったので、凩（こがらし）がわたっていくときは軒が鳴り、窓が鳴り、屋根には暗くて鋭くてさびしい、大いなる声が聞えたものである。

鯨の肉のなかでは〝尾の身〟といって尾のあたりにある、ごくわずかの量の肉があるが、刺身にするにしても何にするにしても、まずここがナンバー・ワンであること、食べた人なら百人が百人ともそういうだろうと思う。とろりとしているのにイヤ味もなく、臭味もなく、いい気品がある。他の部分の肉には海獣特有の匂いがあり、それはなかなかダマしたり、おさえたり、化けさしたりすることができず、さいごまでのこるものなので、これは慣れるよりほかに手がない。北海道で私はオットセイの肉やトドの肉を食べたことがあるが、いずれもおなじ匂いがする。餌が生きものの肉に味や匂いをつけることはよくいわれるが、クジラもオットセイもトドも似た条件のなかで暮して似たものを餌にしているから味や匂いが似てくるのだろうか。知床半島の羅臼の町には日本でたった一軒と自称するトド料理専門の小さな店があるが、この店に入ると、壁や椅子までが海獣の匂いがする。

この店ではトドの肉を刺身でも食べさせるが、鉄板焼きにしてタマネギやジャガイモなどといっしょに焼いて食べる。くどくてきつい匂いがあるので物珍しさと話のタネに食べていく人が多いようであるが、トドの肉のどの部分がうまいのか、牛や鯨のように部分によってトドの肉も味が変るものなのかどうかは聞き洩らしてしまったから、今度、降海性のイワナのアメマスを釣りにいったときにでもよく聞いてみようと思う。トドはマスやイカや帆立貝など、漁師にとっての貴重品をパクパク底なしに貪食するので憎まれているが、ぶざまな体形のくせに眼も耳も鼻も鋭くて、悪賢く、なかなか仕止めることができないので、いよいよ憎まれる。銃を使うときには一発で仕止めなければならない。仕損ずると海にとびこまれ、しかも死体は浮いてこない。弾音でまわりにいたやつらがみな逃げる。そこで、近頃では、洋弓に矢をつがえて風下からソッと舟でしのびよるという方法でやる。スポーツ・ハンティングとしては最高のものと地元ではいう。

大阪の、道頓堀の、日本橋寄りの『たこ梅』が好きで、私は大阪へいくたびに立寄ることにしている。主人の岡田氏は東京へでてくるたびに桜煮のタコや、特製のコンニャクを持ってきてくれる。タコについてはことさらいうまでもないが、いい照りがあってつやつやと輝やき、足の芯までしっとりと煮上げ、その淡白な滋味は食べるたびに感動をおぼえさせられる。コンニャクはコンニャクで、昔風に黒いやつであり、プリプリと固いので、刺身にしても天ぷらにしてもおもしろいものである。コンニャク玉をあまり使ってない今風の白くて水っぽいやつはどうにも貧寒であるが、こういうまっとうなコンニャクを刺身や天ぷらにすると、《無味の味》とでもいうか、禅味があって、私は好きである。岡田氏は親代々の凝り性で、関東煮の鍋に入れるものはサエズリであれ、カマボコであれ、ゴボ天であれ、何によらず、吟味に吟味したのを使うのである。たとえばゴボ天なら、ゴボ天で、芯にするゴボウは太くて、固くて、シャッキリと歯ごたえがあり、あの独特の香りのプンとたつのを選ぶし、季節物で赤貝を使ってみようかとなるとみごとな大ぶりで成熟しきった、ムッチリとふくらみきったの、張りきりきったのを選んでくるのである。

いつか東京の『双幸』で酒を飲みつつそれとなくたずねてみると、主人がおでん鍋のゆらゆら湯気のたつむこうで感嘆そのものという顔つきでこういうことをいった。

「……いつか『たこ梅』さんをスパイにいったことがあるんですが、見ていると、ときどき砂糖を手でつかんでザバッとほりこんだりするんですね。何という乱暴なことをと、ハラハラしてくるんですが、それでいて食べてみると、けっしてクド甘くなくて、酒にあうように、ピタリとおさえてあるんです。あれはたいへんな腕です。ちょっと盗めませんネ。脱帽して帰ってきました」

そういう主人の創案したツミレはアジをすり身にしたなかへユズの香りを仕込んだ名作で、この店の目玉である。だから、この場は、さしあたり、名人が名人をこころから讃えているのだということになりそうである。

『たこ梅』は大阪では老舗中の老舗、名店中の名店であるが、全然気どりがないのでとても気持がいい。薄暗くて、小汚くて、狭くて、垢だらけで、傷痕だらけだが、あたたかくて、思いやりがあり、ざっくばらんであり、それでいて深く工夫と苦心がかくしてある。たとえば店が薄暗いのはふつうの電燈を使っているせいでもあるのだが、蛍光燈を使うまいとする配慮からである。蛍光燈の光で見ると人が死人のように見える。水までが褪せてひからびて見える。ソースがカエルの血のように見える。茶碗や皿が乾いて見える。膚がカサカサに見える。店がうちっぱなしコンクリの倉庫か、そうでなければ病院のように見えてくる。何もかもが貧血を起したように見えてくる。

そこで、蛍光燈の光でない光で、よこの客と肩や肘をふれあいつつ眺め、そして食べるサエズリなるものであるが、これはこの店のタコとならぶ目玉である。鯨の舌から脂肪分を抽出したあとの煎りガラを〝サエズリ〟と呼ぶのだが、巨大な鯨の舌にそういうかわいい名をつけたのは誰の知恵だろうか。主人の話によると、この店で使うのは日本の近海でとれた鯨のサエズリであるが、脂をとったあとのやつを北海道の厚岸あたりで冬の風と寒気で乾燥させたのがいちばんおいしいのだそうである。カチンカチンに乾燥したのを水でもどしてからコマ切れにして串にさしておでん鍋で煮る。水にもどすまえのを見せてもらうと、ふつうのコロとそっくりである。爪でギュッとおしてみると、ジワジワと脂がにじんでくる。すでに母船や工場で脂肪分をぬきとってしまったはずなのにまだそれだけ脂がでてくるのだから、生きているときの鯨の舌はかなりのものと想像したくなる。タンシチュウにする牛の舌にはそれほどの脂肪分はないのではあるまいか。

しかしサエズリもひとつだけの味ではない。舌の表面、中層、根に近いところと、一枚の舌でも部分によってずいぶんいろいろなちがいがあるものだと、食べているうちにわかってくる。香ばしいところ。歯切れのよいところ。クニャクニャと嚙み切りにくいところ。脂のあるところ。ないところ。筋のあるところ。ないところ。それぞれのコマ切れをほどよくまぜて一本の串にさすのである。よく煮られてダシのしみこんだサエズリの味を文字に変えるのはたいそうむつかしく、ほとんど不可能を感じさせられる――すべての〝味〟や〝香り〟がそうであるが――。奇味。怪味。魔味。珍味。いろいろと風変りでしかもうまいものを表現する言葉をまさぐりたいが、子供のときから鯨をいろいろな料理で食べ慣れてきた私には珍しさよりも親密さがあって、もし一串のなかで香ばしくて淡白な脂のあるコマ切れに出会うと、滋味、潤味という言葉を選びたくなるのである。マ。論より証拠である。大阪へいったら一度お立寄りください。道頓堀を、角座や中座を右に見てとろとろといくと、ちょっとさびしくなりかかったあたりに『たこ梅』と、そっけないネオンのかかった家があり、おもてに古い常夜燈がだしてある。その家である。いつも満員で順番を待つ人が壁ぎわにズラリとたっている。グッグッと煮えるおでん鍋のむこうに中年で浅黒い顔をした、ダシのよくしみたような艶（つや）ぐあいの頰をしたおっさんがムッツリとたっているが、それが主人である。

「夏のさかりにおでんをたいてるひともいるねんなア」

ためしにそういうと、主人は、ムッツリと

「食べたいちゅうやつもいよるワイ」

柔らかく憎まれ口をきく。

年がら年じゅうやっている。真夏のさかりにも、師走の大晦日にもやっている。いつ

っても味が変らない。店のおもての常夜燈も、店のすみの橋の擬宝珠も変らない。

「お酒」

というと、錫の大徳利で黒松白鹿をだしてくれる。タコ、サエズリ、ゴボ天、ひろうす、小芋、竹輪、カマボコ、棒天、赤貝、鳥貝、アオヤギ、秋ならマツタケ、冬ならカキ、ほどよく煮えたそれらにピタリとあうのがその酒なのだ。その酒にそれらをピタリとあわせてあるのだ。おたがいに邪魔をさせあわないようにしてあるのだ。主人はムッツリとしているが、肩がそうつぶやいている。

文藝春秋社の樋口氏がこの店に惚れこんで東京の作家たちに紹介したので、吉川英治、獅子文六、小林秀雄、吉田健一、今日出海といった人たちがよく食べにきたし、いまでもときどききている。東京の人にもこの家の西の味は完全にうけ入れられるわけである。私自身、祖父、父とつづいて私で三代めの客ということになるが、ゆらめく湯気ごしに酒を飲みつつ眺めていると、ときどき、祖父、父、孫の三代そろった客の一組、二組が仲よくならんで串を横ぐわえにしているのを見かけるが、ほほえましくなってくる。こういう店は食いだおれの大阪でもほんとに少くなってしまった。大阪生れで大阪育ちのはずの私がしばらくごぶさたしてから大阪へいってみると、もうわからなくなって、地下鉄に迷ったり、地下街で迷ったりしてしまう。大阪へ〝帰る〟というよりは、〝いく〟というぐあい

になってくる。いまもすでに〝大阪へいってみると〟と書いた。訂正しようかと思ったが思いなおしてそのままにしておいた。大阪は帰る故郷ではなくて、いく町になってしまったのである。キザないいかたで恐縮だが、変らないということからくるなつかしさなら、ときどき、パリのほうがはるかに濃く感じられることがある。あそこでは、ある町角のパン屋のおかみさんは五年後にいっても、十年後にいっても、昨日のようにおなじ窓のうしろにたって笑っている。ホクロのようにうごかないのである。変らないのである。だから『たこ梅』は貴重なのである。

影を剝がすと家がこわれる

大阪の猪飼野でセキフェに堪能してから、翌日、京都へいく。夕方までホテルでごろごろして、かわたれどきになるのを待ち、お茶屋にでかける。かわたれどきとは黄昏の古語だが、あたりが薄暗くなってから道で人に会っても顔がわからないので《彼は誰?》といいたくなるところからきたとされている。ほかに大凶時、逢魔が時など、この短い時間帯の特徴をつたえた言葉がいくつもあるが、すでに廃語に近くなっていて、学者がピンセットのようにつまんで扱うだけである。こういう古語には気をつけるとおどろくほど鮮烈で奔放な飛躍がひそめられているのだから私はもっと本腰を入れて勉強しなければと思いつつ、いつもぐずぐずと時間をうっちゃってしまう。《彼は誰?》時など、まことに優雅ではござらぬか。

とある祇園界隈の一軒のお茶屋にあがる。ここは何度か小松左京につれられてきた家で、小松の拠点の一つであるらしいのだが、お支払いのほうはいつも彼がやってくれてるらしい。そのたびに心苦しくてならないのだけれど、あるとき彼がタクシーの薄暗いなかで説明したところによると、オレは〃学割〃やから心配せんでええネンとのこと。京都のこういう店はおかあはんが昔から学者や画家の卵を若いうちに安く遊ばせる気風があり、後年、

〃出世払い〃でモトをとる。オレもその一人やネン。〃学割〃で遊んでるネン。せやって気にせんでええネン。忘れとくれやす。ジャスト・フォゲリット（Just forget it）と、うれしいことをいってくれる。その声は八五キロの巨体からたちのぼって分泌されるので厚みと深みがあり、何やら誇りが匂っているようなので、つい、そうでっか、ほんなら……と呟いてしまう。

小松がかなりお茶屋遊びにくわしいらしいことはおしゃべりや書くものの端ばしにちらちら隠見するものがあって何となく察しがつくのだけれど、一度、これはお茶屋ではないけれど、祇園のドまんなかに赤提灯があるのを知らんやろ、それも赤提灯も赤提灯、ホルモン屋や、いこ、いことせきたてられたことがあった。つれられるままに京都へいき、上ッたり下ッたりし、祇園の陰翳小路をかきわけかきわけしていってみると、まさに大赤提灯がぶらさがった民芸飲み屋風の一軒。

戸をあけるとカウンターはぎっしりの満員。小松は勝手知った様子で目白押しの客のうしろをハイ、かんにんどっせなどと声をかけつつ台所よこの小部屋にあがりこんだ。その小部屋でレバーの刺身やタンの煮込みなどを食べたのだが、なかなかに知った味であった。この店は帳場の近くの壁に品書きの板をぶらさげているが、すべてひらがな、それもドイツ語。胃袋が『まあげん』などと書いてある。そしてお勘定は一声高く、べつああれんと叫ぶ、というぐあいであった。大学の医学部あたりの若くてひもじがっているのが教えてやったのでもあろうか。

さて、日曜日にお茶屋へいくバカもないものだ。薄暗い玄関からあがり、薄暗い階段をのぼり、薄暗いお座敷に入ってから、おかあはんに座賑わしを呼んで頂戴というと、おかあはんはかすかに眉をしかめ、日曜やさかいええのは誰もいえへんし、時間がかかるしなどとブツブツいう。枯木も山の賑わいや、などといってせかしたてると、おかあはんは電話をかけにおりていったが、三〇分待っても一時間たっても誰もあらわれない。しょうことなく小松の家に電話をしたら、どこかそのへんで遊んでますワという奥さんの返事。おかあはんにあたり一帯電話で探らせたら何軒もいかないうちにすぐ見つかり、なじみの細眼・巨体が家をふるわせて部屋に入ってくる。ヨ、オ、などと声をかわし、さっそく飲みにかかり、お喋りにかかる。彼はとめどない博識で森羅万象知らざるはなし、ということは日頃からよくわきまえているのだが、ためしにアマゾンの話を持ちだしたら、すぐさまニッコリ笑って、あそこにはカンジロがいるよと返した。これは肉食性のドジョウで、眼、鼻、肛門、穴ならどこへでももぐりこみたがる癖があり、カヌーから河へオシッコをするその細流をつたって龍門の鯉のようにのぼってきて膀胱へとびこむのだと土人に恐れられている。さすが大松右京。よく知っている。ウダウダとそんな話をしてるところへ、旦さん、コンバンワァと声がして襖をあける者があり、入ってくるのを見たら、女にはちがいないけれど、ひどく筋張った年増で、ヒネもヒネ。おでこのあたりに何やらイボまでついている。ヤ、と思ったとたんに眠くなってくる。なるほど。"Never On Sunday（日曜はダメよ）〟とはこのことか。大松先生も気勢をそがれて声が低くなり、チラと眼を伏せる。目伏(まなぶ)せのうてはとてもかなわぬ景色なり。げに。

　何やかやの用があって毎年、京都には一回か二回いくようだが、いつも短くて一夜か二夜、永くてせいぜい二日か三日のトランジット・パッセンジャーにすぎないので、大きなことは何もいえないのだが、宮や寺のある周辺はべつとして、年々この市はおかしくなっていく。特殊保護区をのぞいて全市どこでも新建材の新しい家が古式の家と棟続きのままで建てられるものだから、さながら虫歯のある歯列をむきだしで、いやな歯茎もむきだしで見せつけられるようである。古家が新家と隙間なしにべったりとつながっているものだから、わが国の他の無数の市とは異った異和感が目立ってやりきれない思いをさせられる。老人が口を大きくひらいたみたいなところがあり、入歯の白と虫歯の黒がちぐはぐに一度に見えてしまって、ひどいなと感じさせられてしまうのである。そして夜になると、やたらめったらギラギラと明るい。

　これは無数の他の市と変らないが、古い日本建築はギラギラに耐えられるように作られていないのだから、あさはかにも怪しい景色となってくる。日本美の極は陰翳にあると説いた谷崎潤一郎の高名な『陰翳礼讃』は昭和八年に発表され、京都の料亭や家屋などがよく引用されているのだけれど、いまではたとえば『京大和』などという格式の家へいっても、玄関、廊下、トイレ、座敷、ことごとく明るくて、おだやかで怪異な精がうずくまっりである。

たままで棲みついているような陰翳のよどみなど、どこにもない。料亭、お茶屋、旅館、また、大通り、川端、どこもかしこも、年々歳々、精たちは放逐されて立去っていくようである。あの場所も〝厠〟とか〝後架〟よりは〝トイレ〟といいたくなる照明と装置ばかりである。

オイル・ショックで日本国がキリキリ舞いをし、衣・食・住・光・熱、ことごとく爪のさきで火をともさなければ生きていけないような騒ぎになったとき、小生は悠々としていた。ケンチン、スイトン、石油ランプのわが懐しき少年期後半がついにまた蘇ってきてくれたかと、一種、昂揚をおぼえたものである。諸外国をさんざん修業して歩いて西洋人たちの公的、私的のあっぱれといいたくなるケチぶりを全体と細部において観察した結果、銀座も暗くなり、野球のナイターもなくなり、テレビの深夜番組もなくなると報道されるたびに、ケチでも何でもない、あたりまえじゃないか、どこでもやっていることじゃないかと小生は考えていたのである。パリの下宿のトイレはドアの掛金をはずしたとたんに電燈が消えるし、階段の踊り場の電燈はいちいち上るまえにスイッチをひねって点灯し、上りおわったらスイッチをひねって消すというぐあいである。シャンゼリゼも暗いし、モンマルトルも暗い。ボンも暗いし、西ベルリン目抜きのクァフュルシュテンダム通りも一歩よこへそれたら石器時代の闇である。ローマもマドリッドも夜になればいたるところ太古の森の——石の森の——闇と静寂が、おどみ、よどみ、棲みつき、繁殖している。ここでまたケチと闇を西欧から輸入してそれに学べと申しているのではない。昔の日本人が知っていたこと、わきまえていたこと、洞察していたことを回復しろといっているまでである。ヒトの眼と心は闇と光を同時に求めているのだという単純な事実に思いをいたされよと低く鳴くにすぎない。

光は闇がなければ光にならないのだし、どだい〝効果〟という点から見ても避けようなくそうなのだから、ギラギラ照らしてばかりいるのはお化けがいるから便所を明るくしたがる子供とあまり変らないのじゃないかと思うが、あなた、どう？

レストランや料亭でも蛍光灯を平気で使っているが、あの光で膚を見ると、蒼ざめて萎びて見え、死体のそれのようで、やりきれたものではない。刺身の肌がプラスチック製のそれのように見えるし、トンカツにかけたソースはカエルの血のように見え、トンカツそのものも枯れて、褪せて、パサパサに見えてくる。女の膚の毛穴がひとつひとつあからさまに見え、蒼ざめたその皮に垢がつまって黒いケシ粒みたいに、それがまたひとつひとつ眼についてしようがないというのではアムールもアモーレもリーベも恋も、あったものではない。戸外の木洩れ陽や川原の光耀のなかではときどきそれはソバカスやホクロとおなじ可憐さを持つことがあるけれど、室内の蛍光灯では、ただ、ただ、眼をそらすしかないのである。

だから、小生、蛍光灯とくらべたらいささか高くつくのかもしれないけれど、家のなかの照明はことごとくふつうの電燈に変えてしまった。技術文明はすべてテンポを一つ遅らせてさかのぼると、どうやらそれなりの味がでてくるように思われる。最新の最新というヤツは切れすぎる刃物が皮膚を傷つけて困るのと似たところがあって、いきなりとびつかないほうがいいように思う。

年々歳々、京都の市民はわれとみずから御先祖様の残した視覚資源を食いつぶして市全体を安っぽくて、便利で、どこにでもあるものに変えつつあるが、それでもまだ、ここにしかないというものはのこされている。紫いろのネオンやアンドン看板や文字がもっとも多く繁殖しているのがこの市の夜のどこにもない特長だが、こういうむつかしい、あぶない色光が効果をあげるのも、御先祖様代々の陰暗と秩序の爛熟が、たとえ断片や端ぎれとしても夜のあちらこちらに棲みついていればこそだろう。それに、ほんとうに日本建築の呼吸をわきまえた、趣味にきびしい主人のいる老舗や、料亭や、旅館へいくと、やっぱり昔のままの陰翳が、玄関、天井、座敷、廊下、戸袋、小庭の羊歯、手洗鉢のかげ、額のうしろなどにしっとりと棲みついている。漆のお椀ですするお澄ましの透明な闇のなかにも棲みついている。文味の極の豆腐のはんなり舌覚にも棲みついているし、川端の柳のかげや、疏水のはげしい波や、杉、檜でつくした日本風呂の浴槽のなかにも、よどんでいる。日曜にお茶屋にあがるのは生国不明のバカのすることらしいが、お座敷に爛熟をすぎて枯味にさしかかった陰暗がしっとり、ほんのり漂っているのを眼で追うともなく追っていると、先生、毎年お客が減っていくようで、私、心細てならんのどッけど、どないしたもんでおますやろとシジミのようにブツブツいっているおかあはんをほったらかしにして、やっぱりここで随一の酒の伴侶は陰翳なのだナと、しみじみ思わせられる。お茶屋にもお座敷の一隅にキラキラしたバー風の酒棚をしつらえて温故知新をハゲんでいる家がないでもないが、そんな家でも座敷や廊下や小舞台のそこかしこには影の精が巣喰っていて、たとえばさりげなくほりっぱなしにしてあるように見えるその一片の一匹でもつまみだし、剝(は)ぎとって、捨てようとなると、指をのばしてひっぱったとたんに家全体がガラガラッと崩れてしまいそうな気配がある。

諸兄姉(みなさん)。京都へいったらニシンそば、芋棒、ハモ、魚そうめん、何を食べてもよろしいが、一夜はどこかへあがって影をサカナに飲みなさい。それのみ。それあるばかりだ。いまや。

スッポンもハモも昔はさほど京大阪で上魚扱いされず、むしろ、ざっかけな庶民のものだったのが、いまや御時勢で雲上人の味覚となってしまった。いいハモもわるいハモもことごとく料亭へいっちまうといっても過言ではあるまい。スッポン料亭では椽側（甲のふち）、チョコチョコ（後足のつけ根）、ワタ、それぞれの各部を一片ずつまぜて一人前と称し、万金をむさぼりとる。ハモが下魚だった証拠にはすり身にしてカマボコにしてハモそうめんなどというものにみごとに化かしていた事実を見てもわかるとおりで、よほど、腐るほどとれなければそういう真似はしないはずだから、昔はよほどとれたのだろう。しかし、いまの魚そうめんは北洋漁業でカナダやアラスカの沖でとったホッケやスケトウを何もかもいっしょくたにすりつぶしたものを配給してもらってくるから、どこもかしこも全国おなじ味になる。ただそれを千にして細くつくると京風魚そうめん、厚くつくったら小田原カマボコになるといったぐあい。だから、こうして追いつめていくと、ニシンそばとか、芋棒しかのこらなくなってくる。

こういうものはまっとうな材料を買ってきて君ンちのおかあはんが根気づよくまっとうにやったらそれなりの手厚い味がでるもので、その素朴味こそめでたけれというものなんである。ただし、女子近代教育というモノを通過してきた君ンちのおかあはんが、ホンダラの干したのやダシ昆布のいいのや芋の選りぬきをいちいち買いにでかけるだけの根のある愛を体内に残存しているとしてのハナシだが……。

いろいろ談じたり、嘆じたり、思惟したりしているうちに、ふと気がつくと、伏見からきた増田徳兵衛は端然と正座したまうなだれてイビキの高音部をむさぼり、イボのヒネはんは手持不沙汰のままマッチ箱にアホ、あほ、阿呆とボール・ペンで書きつらねている。おかあはんは心ここにあらずという白想にふけり、白磁の徳利はさめてつめたい。小松左京は銀河系の異変について夢中でひとりでしゃべっている。変らず、語らず、書かず、放心せず、つねのままなるさまとてはただすだまこだま棲む影のみなりき。このみやこにてめづべきはすだまこだま棲む影のみなりけり。

巷の美食家たちは厚いものを食べる

いまからもう二〇年も昔のことになるが、大阪生れ、大阪育ちのものがはじめて東京へでてきて、はじめてウドンを食べたときには口もきけないくらいびっくりした。その途方もないマズさにである。関西育ちの人間が東京へでてくると誰しもがきっと一度はくぐる驚愕の門を私もくぐったわけである。

バナナ屋さんにいわせるとどれだけトロリとしたバナナがあるかでその国の文化の程度がわかるそうだし、香辛料屋さんにいわせると、これまた、どれだけ豊富な香辛料を使ってるかでその国の文化の水準がわかるそうである。このデンでいけば、マッチ屋、名刺屋、×屋、△屋、□屋、みなそれぞれ似たことをいいだすだろう。事実それぞれの業界では道によって賢き人びとがそういいあっているようである。

一国の文化の程度だの、水準だのというものは容易に語れる筋あいのものではない。めいめい自尊心から勝手なことをいってるだけのことで、微笑ましいといえば微笑ましいけれど、それだけのことである。一国の文化の水準をバナナで計ってみたりマッチで計ってみたりする人間がどれくらいいるかでその国の文化の水準がわかると、どこかで誰かに低く笑って呟かれそうな気がするくらいである。とっくにそういわれてるんじゃないの？

こんなまずいウドンに平気でいられる東京という町の文化の水準は、と一度は私もいいかけたことがあったけれど、当時、ソバとにぎり寿司とウナギと中華料理には脱帽したことがあるので、それは口に呑みこんでしまった。東京のうまいソバと大阪のうまいソバをくらべてみたら、当時、これはもう一も二もなく東京の勝であった。一度で私はこりてしまったのでそれ以後二度と東京のウドンには手をださないようにしているが、ひところある町のある店の鍋焼ウドンばかりを食べつづけたことがあった。何年おきか何カ月おきかに私はその町の一隅で居候暮しをする習慣だったから、ちょっとは味が変ったかしらと思ってためしてみたのだったが、いつまでたっても徹底的におなじであった。何でもかでもこれだけあわただしく変貌する東京都内でその鍋焼ウドンの味（うまいとは一言もいってないヨ）だけは徹底して変らなかった。閉口しながらもいささか脱帽したものであった。その心臓の強さには……

東京のウドンも大阪のウドンも、ウドンはウドンなのだから、値はだいたいおなじようなものだろうと思う。東京のウドンはダシを丼にのこすが大阪のはダシごとすすってしまうのだから、これはスープ・ヌードルとか、中華風なら〝湯麵〟と呼ぶべき性質のものであるだろう。すると、あれだけまずい、お粗末なダシしか作らない東京のウドンが値だけは大阪とおなじなのだから、東京のウドン屋は大阪のウドン屋にくらべてずいぶんと儲けがちがうはずだと私はかねがねニランでいるのだが、どんなもんだろう。どうも店内に漂うものからすると大差ないといいたいのだが、そこのところがちょっとわからない。

大阪のウドンといったところで、いまは一軒ずつめいめいのオッサンなりオバハンなりが鼻をすすりすすりダシをつくるのではなくて、何やら石油罐につめられたダシの素を買ってきて、それを薄めたりなんかして使うから、どこで食べてもおなじ味である。東京では牛丼の罐詰というのが業者用に売られていて、オジサンは註文があるとそれを湯にほりこんであたためてからオープナーで罐を切ってホイと御飯にぶっかけ、ハイといってさしだすのだから、東西ともにいい勝負である。

大阪の南区順慶町にウドンで有名な一軒があって、その店はウドン玉をいちいち自分のところで作るし、ダシもあらゆる材料を吟味しぬいたものを買い集めて作る。ウドンの値そのものは他の店のとほとんどかわらないから、この店の儲けはどうなるのだろうかと思わせられる。どれだけ材料集めに苦心しているか、ちょっと書きだしてみる。

水…浄水器でカルキ臭をぬき、一晩、不思議な石を入れておく。

小麦…讃岐、播州、石見産。

砂糖…北海道のビートからとったのと阿波の和三盆。

塩…やむなく専売局製造のもの。

醬油…別註の天然醸造の上澄み。

酢…酒からとったもの。

味醂…土中で三カ月自然醱酵させたもの。

カツオ節…屋久島、種子島あたりでとれるカツオの本節を本燻製し、わざわざカビを生やしたもの。

コンブ…北海道産。元揃いの黒。夏の土用入りにとったもの。

どれがどういうぐあいに同種の他のものと違うのか、コンブもカツオも、まったく私にはわからないのだが、ただその店で以前に食べたキツネのうまさが舌にまざまざとのこっているものだから書きだしてみたまでなのである。当時から頑固なことでは有名な店だったからいまでもこんなふうに秘儀めく苦心にやせる思いをしているのではないかと思いたいのである。たった一杯のウドンの味を五年たっても十年たっても忘れさせないでおくためには裏にこれだけの苦心の厚さがいるのだということもおぼえておきたいのである。

麵は東南アジアのいろいろな町で厚い出来（麵が太いといってるのではないヨ）のを食べたが、安くてうまい店を見つけるのはなかなか容易ではなかった。輪タク、オートバイ、占師、娼婦、乞食、兵隊、巡査、タバコ売り、新聞売り、エロ写真売り、チェンマネ屋（ドル交換屋）、カウ・ボーイ（かっぱらいの不良少年）、新聞記者、ポン引、モツ屋、本屋、サンドイッチ屋など無数の屋台。これらが強烈な日光とドブの甘い匂いと魚の腸のねっとりむれた匂いのたちこめるなかで右へ左へとひしめく。その猛烈な混沌をジッと観察して一軒また一軒、一台また一台と麵家や屋台を食べてまわれるのはなかなかの愉しみであった。東南アジアにはいろいろな種類の麵があり、日本のキシメンにそっくりのものもちゃんとあるが、丼のなかでグッタリとならず、シャキッと腰の張ったのをまっとうな、厚い厚い出来のスープからひっぱりだして、全身をカサブタとヒゼンの白い皮で蔽われた乞食と肩を並べて食べ、しかも一度も吐気をおぼえないというところまで自己鍛錬をするには、いささかのものがいる。

舌の上のNY

アラスカの荒野の氷雨だとかユタの砂漠湖の酷暑だとか、いずれもその道の一級品の荒業にしごかれて釣りをし、または釣りができなくて苦しめられる。そのあとは自動車で炎天下のハイウェイを一日に五百キロか六百キロ走る。ハンバーグを食べてモーテルにころげこむとそれだけで四十九歳の一日の予定分の体力が尽きて、ベッドにとびこんだはずみにどこかでカチャンッと音がしてゼロ・マークが出るようである。明けても暮れても、毎日毎日、これの連続である。ひたすらこういう暮し方で南下の一途をつづけると、七ヵ月めに入った某日、チリーの砂漠のなかで自動車のメーターが四万キロをさした。これは赤道部分での地球一周のキロ数でもあるとのことである。

ハンバーグ、ピッツァ、スパゲティ、フライド・チキン、ときどきビフテキ。いずれも大味でパサパサか、ぐんにゃりのびてるか、巨大なことは巨大だけれどオツユがなくてパルプそっくりの歯ごたえだとか、そんなものばかりである。この国の少くともハイウェイ沿いや地方都市に関するかぎり、味覚らしい味覚は期待してはいけないと、つくづくさとらされる。しかし、いっさいの欲望を漂白しぬかれた旅では食べることと寝ることという二大元素だけが生きのこって私に憑くので、今日どんなにひどいものを食べても明日はひょっとしたら何かがあるのじゃないかと、疲労困憊のさなかでも想像は生きのびていくのである。この執拗と変幻ぶりにくらべると人の一生のうちで〝食〟の右にでられるものといっては〝眠〟のほかに何もない。食べて、寝て、さめる。あとの一切のムズムズはその二つが確保されたあとではじまる。

そこで私としては町を出たとたんに名前を忘れてしまうような田舎町のハンバーガー・ショップにすわりこんで、どうやら粗衣・粗食・粗××に一生甘んじつ黙々と働らいて消えていくらしい、たくましい体格の男たちが、ゆっくりと夏の午後のなかをよこぎっていくのを窓ごしに眺めやりつつ、何千キロも前方にあるこの市のことを思いやり、よし、ニューヨークへいったら食べてやるぞと、ひたすらそれだけ思いつめて憂鬱の腐蝕(ふしょく)に耐えた。目玉焼、トースト、ハンバーグ、スパゲティ、ピッツァ、ビフテキ、フランス料理、ギリシャ料理、ロシア料理、そんなものは一切合切おことわり。ただチャイナ・タウンへいって中国人客がたくさんしょっちゅう出入りしている店へいくこと。日本料理店を見つけてシーツのようにパリパリした海苔(のり)で巻いた中トロの手巻の鉄火にかぶりつくこと。それからニューヨークを洗う海でとれたカキやハマグリをあくまでも生(なま)で食べること。この三つである。これが聖三位一体である。何日滞在できるかわからないけれど、この三つ以外には何が何でも手をださないぞ。

そこで、まず、白人種で貝類を生食(なまぐ)いするのはフランス人とイタリア人であるが、フランス料理店はシックで気取ってるだろうから屋台風の気さくなのはイタリアンにかぎると考え、柔道六段氏に教えられて、リトル・イタリーの角店の『ヴィンセンツ』へいった。

店は入口も内部もゴミゴミして垢じみていて見るからにこれはよさそうだと愉しい予感が湧いてくる。ここにもぐりこんで、ブルー・ポイントのカキを一ダース。スカンジリという小粒のサザエみたいなのを蒸してコマ切れにしたのへ熱くてピリッと辛いミートソースをかけたの。つぎにカラマリ。これは小さなイカをサッと油で揚げたのにレモンとコショウ。トスカニーニのように立派な顔をした銀髪の給仕がよれよれの白服を着て皿を持ってきてくれる。ハ、と恐縮し、けれど手はすばやくカキの殻をつまみとる。たちまち十二個、消えてしまい、茫然となる。しかし、つぎのスカンジリとカラマリはいずれも凡庸である。悪くはないけれど演出がまちがっている。素材はいいらしいのにテーマと演出がいけないらしい。この国の食べものではよくそういう局面に出会うのである。東西と南北に極大に膨脹し、太平洋と大西洋とメキシコ湾に海岸を張りだし、内陸部は砂漠、肥土、牧草地、森林地帯、山岳、湖沼、あらゆる地層と地相を持つ大陸なのだから、獣肉、魚肉、野菜、果実、あらゆる天産にめぐまれているはずなのに、ひたすら料理が下手だということだけのためにあらゆる外国人旅行者にバカにされるということがある。

ブルックリンの海岸に〝シープス・ヘッド〟（羊の頭）というところがあり、その海岸通りに何軒もイタリア名前のクラム・バー（ハマグリ料理店）が並んでいる。その一軒の『ランダッツォ』という店にふらりと入る。リトル・ネック、チェリー・ストーン、スカンジリ、ブルー・ポイント、ハマグリ類だの、カキ、巻貝、たくさんある。『リゴレット』の何幕目かで一曲を朗々とバリトンでやってのけそうな八字ヒゲのでっぷりしたおやじが家長らしき威厳を肩のあたりに漂よわせて悠々とした足どりでバーのなかを歩いている。リトル・ネックとチェリー・ストーンを一ダースずつ頂戴ナというと、おやじは若いのを顎（あご）でしゃくって殻を剝（む）かせる。塩、コショウ、ケチャップ、タバスコなどの小瓶をつぎつぎと押出してよこし、パンパンに張りきったレモンをスパスパと切ってよこす。

「日本人か？」

「そう」

「支那人かい？」

「日本人だよ」

「日本人は魚をよく食べるんだってナ」

「そのとおり」

「魚を生（なま）で食うんだってナ」

「そのとおり」

「特別な料理があるんだって？」

「サ、シ、ミ」

「フム」

かわいいハマグリの淡桃色を一刷（は）きあえかに刷いた、白い、むっちりとした肉、それにレモンをしぼりかけると、キュッとちぢむ。オツユをこぼさないようにそろそろと口にはこび、オツユも肉も一息にすすりこむ。オツユは貝殻に口をつけて最後の一滴まですすりこむ。ムッツリだまったままつぎつぎと一ダース、二皿で合計二十四コ。我ながらいささかあさましくなる貪婪さでしゃぶっちゃ捨て。しゃぶっちゃ捨て。口がきけない。ときどき出るのは〃！〃か、〃、〃としての吐息ばかりである。〃。〃はいつともわからない。ふと眼をあげると、ランダッツォ氏ははじめて女を買って童貞を卒業して帰宅した息子を見るようなうっとりしたまなざしでこちらの手元を見ている。そりゃそうだろう。客が夢中になってくれることぐらい店主にとってしあわせなものはないだろうテ。

一休みしてさきの話のつづき。

「日本人は魚を生で食べる。ほとんどの魚を生で食べる。ソージャー・ソースと、ワ、サ、ビという日本のホース・ラディッシュをつけるだけ。この世でいちばんシンプルで、だからいちばんむつかしい料理だよ。魚を生で食べると力がつく。肉を食べるより力がつく。そこで恋をすると、すぐに子供が生まれる。イタリアでもおなじでしょ」

よたよたとカタコト英語でそんなことをいうと、ランダッツォ氏は最後で顎をそらして大笑いをし、つぎにひどくむつかしい顔になってどこかへ消えた。何人の子持なんだろ？……

＊

ある朝早く、こっそりとホテルをぬけだしてタクシーをひろい、チャイナ・タウンへいく。ガラスと鋼鉄と白色セメントと古ビル、よたよたアパート、おんぼろ倉庫などのひしめく未明の町には、そこかしこ、去りがての夜がピチピチした朝とひっそりせめぎあい、乞食が何人となく亡霊のようにさまよっている。精力と誇りにみちたこの市がもっともつつましやかで謙虚であるたまゆらの時刻であるのだろう。不潔で、ゴミゴミして、紙屑と汚水がいたるところに光っているチャイナ・タウンで車からおり、あてずっぽに、もっぱら眼と鼻と第六感だけでさがして歩く。こんなに早くからこのタウンはもう眼をさまして湯気をたてたり、炎を天井まであげたり、口いっぱいに叫んだりしている。昧爽と猥雑、親愛と不潔、栄養と不逞がひしめきあうのはサイゴンもニューヨークもチャイナ・タウンではまったくおなじである。とある一軒の、蒸籠からもうもうと湯気のたっているのが窓ごしに見える店のまえに来かかると、たまらなくなってとびこんだ。床には鶏の骨が散らばり、デコラ張りのカウンターはびちゃびちゃ濡れているが、ヨタヨタの北京語で粥はあるか、油條はあるか、焼売はあるかと、そそくさたずねると、よごれっぱなしの出ッ歯の細目がものうげに自信満々、何でもあるよと、どなりかえす。そこで魚片の入った熱アツの粥をたのむとうれしいことに香油（ゴマ油）を一滴ふりかけてくれた。油條をちぎりちぎりその粥に浸し、香菜（コエンドロ）をふりかけ、垢だらけの欠けレンゲですくう。口にはこびつつ、粥とゴマ油の香りと油條を少しずつ呑みこみ、ついでに声も呑みこんでしまう。吐息をついたり、鼻水をすすったり、うるんだ眼でドンブリ鉢の湯気ごしに朝が潮のように夜を追いだしていく形相を放心して眺めていると、つい昨日の朝のように背中の膚にプリント・インされているサイゴンの、ショロンの、波止場の、パストゥール通りの、無数の朝がうごめきはじめる。

　あそこでは家のなかでも粥を食べ、屋台でも食べしたが、よくゴミ箱のかげにしゃがんで、ドンブリ鉢を地べたにおいて、スプーンで一杯ずつしゃくって悠々と時間をかけて食べたものだった。香菜はそっくりおなじツンツンとした匂いの香菜だが、魚片はライギョの切身であった。鶏が入っているときには口のなかから骨をぬきとり、ちょっとしげしげ眺めてから、ポイと右の肩ごしにうしろへ投げるのが土地のしきたりだから、私もそうやって骨を投げたものだった。吐息をついたり、鼻水をすすったり、昨夜の阿片のちょっとした残酔でとろんとなり、私は放心することに、白想に全心をゆだねることに慣れ、みちたりていたものだった。あれら無数の朝を思いかえしながら、あそこで夕食にうまかった石斑魚（ハタ）は世界中の海のあちらこちらに棲み、この沿岸の岩底にもグルーパーと名を変えて棲んでいるにちがいないから、よろしい、明日か、明後日の夜、どこかの飯店で清蒸全魚（チンジョンチユアンユイ）にしてくれるよう、たのんでみようか。と、とろとろ、思いつめにかかる。あちらこちらでこれまで目玉焼とトースト、クロワッサンとキャフェ・オ・レの無数の朝食をとってきたはずなのに、それらからはどうして一杯の支那粥ほどに記憶の香煙がたちのぼってこないのだろうか？……

　この市の中トロの手巻きの鉄火はさぞかしと思いつめた私の予感はみごとに的中した。無数といってよいくらいにある日本料理屋のうちで、あそこはいいと柔道六段氏につれていってもらった店のボストン・マグロの中トロ、カリフォーニア米、イカ、ハマグリ、エビ、ウニ、ヒラメ、ウィーク・フィッシュ、その他、ことごとくみごとであった。純日本産といっては海苔と粉ワサビとヒネたくあんぐらいで、あとはことごとくこの大陸と、この大陸の海と、この市の近海の産物だというのだが、唖然となるほどうまい。しかも日本紳士にまじってアメリカ紳士が眼を細くして箸さばきもあざやかにミル貝のサ、シ、ミなどをそこはかとない風情で口にはこんでいる風景などを見ると、危いかな、祖国、と呟きたくなるほどである。ス、シや、サ、シ、ミがアメリカへ移っちまったら、日本料理は日本で何を誇ったらいいのか、真摯に思いつめたら足もとがグラグラしてくるぜ。しかもだネ、日本のスシは上、中、下どこで食べてもその品質にくらべて値段が高すぎるような気がしてならないが、この市のそれはその品質の高さにくらべて値段はぐっと気安くて親密なのである。スシやサシミが外国人にわかってたまるかいとウソぶけたのは大昔の話で、どうやら、いつのまにか、スシの本場はニューヨークへ移っちまったらしい。

この市のシーフード（魚料理）で止メの一撃を刺されたのはグランド・セントラル・ステーションの地下のオイスター・バーという駅食堂で、さらにそれに仕上げの一撃をあたえたのがソフト・シェル・クラブというカニであった。はじめのうち私はこの駅食堂をただの駅食堂だと思っていたのだが、コンニャク版一枚のメニューを一読してコレハ、コレハとおどろき、つぎにだされたものを食べてみて声を呑んだ。そこで出がけにレジのところで案内書（『ザ・グランド・セントラル・オイスター・バー・アンド・レストラント・シーフード・クックブック』）を売ってたので買い求める。十四ドル也。これはハードカヴァーの立派な装丁のもので洒落た挿画が入り、店の沿革と魚貝の解説、および主たる料理の作り方が列挙されている。これによると、この駅食堂は一九一三年に開店されてから魚介料理一本槍でやってきたとのことである。ウッドロー・ウィルソン大統領以後、歴代の大統領、第二次大戦後ではトルーマン、J・F・ケネディなどもよく顔を見せたとのことである。メニューはお粗末なコンニャク版だけれど内容は壮観である。アラスカのキング・クラブ（タラバガニ）とオヒョウ、コロンビア河のチョウザメとサケ、モントークのブルーフィッシュ、メインのロブスター、フロリダのストーン・クラブその他、その他。イワナ。ナマズ。ニジマス。パイク。などの淡水魚から、ヒラメ。カレイ。タラ。サバ。スズキ。タイ。ブリ。ニシン。ハタ。カジカ。海水魚すべてを網羅し、なかにはマコ・シャークなどというサメまで入っている。マルセイユ風のブイヤベースもあり、ロシア風のチョウザメのシチューもある。カキについてはブルー・ポイント、ベロン、ボックス、チンコティーグ、コテュイート、ケント、マルピーク、ウェルフリートなど八種類もそなえていて、どこのお国自慢がふらりとやってきてもその場で沈黙させてやろうという意気ごみと見た。せめてカキだけでもと思って毎日かよって一品ずつとってためしてみたが、それぞれの味の差は極微であって、とても判別できない。いずれも青白く輝やくムッチリと張りきった肉のなかに淡麗な海の果汁をみなぎらせていて、舌、歯、口腔、咽喉、食道、通過するすべての地点を爽やかに洗ってくれる。スチーマーというハマグリは黒皮をかぶった吸水管を貝殻の外にペロリと垂れている。これを一ダース蒸してバケツに入れて出してくれる。一個ずつとって殼をはずし、肉をべつのお碗の熱いハマグリ・スープでチャプチャプと洗い、さらにべつのお碗の熱いメルテッド・バターにつけ、ペロリと呑みこむのである。貝をみな食べ終ったら、スープをすすって、感動してたちあがる。ロブスターは体重によってお好みを指摘すると、そのままの大きさのを持ってきてくれるが、これはあまり大きいのはよくない。私の好みは一ポンド半と、落着いた。これもテルミドールだ何だのとややこしいのは避けて、ただ蒸しただけのが絶品である。

この近海に棲むブルー・クラブというカニは日本のガザミそっくりのカニで、一人前のは殼が固くて、トゲトゲしていて、つまりカニそのものである。ところが七月と八月にこのカニの若いのがいっせいに脱皮する。その脱皮したばかりのをソフト・シェル・クラブと呼ぶのだそうであるが、これはハサミも、爪も、足も、甲羅も、すべてが薄皮一枚のくにゃくにゃである。魚市場へいくとこのくにゃくにゃがもぞもぞムグムグと生きてうごきまわっている。これをどっさり買ってきて、柔道六段氏の親友の袖山さんという人の奥さんに純日本風に蒸してもらい、純日本産の三杯酢、ポン酢をたらして頬ばったら、眼鏡が落ちてしまったのだ。海の果汁そのものである。カキとはちがう果汁そのものなのだ。熱くて、香ばしくて、カニを食べてるのにひっかかるものも刺すものもなく、ツルツルと消えて、口には何ものこらない。あまりのことにしばらく阿呆みたいに口をあいたきりであった。海の魔法だよ、これは。

スシとサシミ。中華料理。シーフード。わずかの日数しか滞在できなかったけれど、毎日せっせと舌を通過させたニューヨークは、これらは、それまでの私の予想、期待、幻想を軽く突破して楽らくと飛翔(ひしょう)していった。ここにおいてもまたこの市は大いなる自然である。

ベルギーへいったら女よりショコラだ

ベルギーの首都はブリュッセルだが、初冬の朝早くに到着した。市の中心にあるガラスと鋼鉄のホテルに入ったが、顔を洗って歯を磨くと、することがなくなったので、散歩することにした。いきあたりばったりの散歩で、地図もなければガイド・ブックもない。どこかでスナックでも見つかったら牛乳入りコーヒーと三日月パンでもとることにする。暗鬱な空が屋根までおりてきて、じとじと冷めたい霖雨（ながあめ）が降りはじめる。あちらへぶらぶら歩いていって、ひょいと角を曲り、それをのろのろ歩いていって、何ということもない角をちょっと折れというぐあいに散歩しつつ、すれちがう女の顔をそれとなく一瞥してみる。空が暗くても低くても、いや、そうであればあるだけ、いい女、美しい女の顔というものは一輪咲きの花のように浮きあがって見えるものである。けれど、どうしたことか、どの顔もこの顔も花ではなかった。歪（ゆが）んでいるか、磨かれていないか、削られていないかである。

ヨーロッパの都で花のような女の顔が眺められるのは朝のこんな時刻ではなく、一日に何度かの潮があって、最初は昼食時、つぎが午後三時か四時のオヤツ、そのつぎが夜の七時か八時の夕食時、最後が深夜というぐあいになっている。小雨のしょぼつく朝早くに咲く花なんて、あるものではない。それはよくわかっているつもりだ。よくわかっているつもりだが、しかし、何となく私のそれまでの諸経験からくるカンで、どうやらこの国ではあまり期待してはいけないらしいぞと、思いはじめる。正午頃に空が晴れて淡い冬陽が射してきたのでもう一度、夕刻にもまた一度と、探索にでかけたが、どの回にも失望を味わい、どうやらカンはあたったらしいと察しがつく。

夜になってから酒をすすりつつ、ここに何年も暮している、どうやら経験と観察の豊富であるらしい日本人紳士にその話を持ちかけてみると、ヨーロッパ三大ブス国とはベルギー、オランダ、スイスです。これは国際的定評でそうなってるんです。遊ぶんならT・E・Eに三時間乗って、パリへいくしかないですという答えであった。しかし、と私が逆問する。そういう女というものはしばしば心優しくて、こまかく気がつき、あたたかでおいしいのではありませんか。紳士はたちまち頭をふり、それは世界共通の補完の原則というもんですが、ここはちがいます。ここは例外なんです。ここでは補完の原則は機能しとらんのです。ここはブスのうえに鈍器なんだな。

「……だから、今夜は色気ぬきで、食い気一本槍でいきましょうや。いまからいいレストランへ御案内します。ここはごぞんじのようにコンゴが、昔、植民地でしたからね。その関係で、今でも、いいコンゴのカカオ・ビーンズが入ってくるんです。だから、ショコラがすばらしいんです。これはぜひ召上って頂きたいですな」

それならと、でかける。

パリにブーローニュの森があるようにブリュッセルのはずれにも、深い、厚い、いい森がある。この森の木は鬱蒼とした老木であるが、幹にずっと緑の苔が生え、淡くて柔らかな、緑の絹のような寄生植物がふさふさと茂って垂れているのである。それはみたところ絹のようでもあり、海藻のようでもある。どの木も、この木もそうなので、何かしら森が温厚な、老いた巨人のように見えてくる。夜になると霧がさまよい歩くので森はいよいよ深く、遠く、厚く感じられるのだが、そこへ自動車でゆっくりと進入していくと、遠くにふいにレストランの赤い灯が、小人の茸（きのこ）の家のように輝やいているのが見える。どこか家のかげの植込みのあたりで赤頭巾をかぶったドングリ眼の老いた小人が何人か集ってひそひそ話にふけっていそうである。

このレストランが『ラ・ロレーヌ』である。いっしょにいった安岡章太郎大兄は羽田をでたときに日航の機内で飲んだプイイ・フュイッセの白が忘れられないものだから、道中ずっと、ぶどう酒のあるところへいったらかならずプイイ、プイイといいつづけたが、ここでもプイイはないか、プイイは、といった。それくらいの名店だからそれくらいの銘酒はもちろん用意してあって、たちまち氷詰めの小バケツに肩までつかって登場した。この清澄で淡麗な白をすすりつつカキのシャンパン蒸煮をやるのはこたえられなかった。フォア・グラにトリュッフの熱くしたのを添えたのがでたが、これまた潤味、膩味（じみ）、いうことなかった。しかし、さいごにデザートとして、あとでこの店の十八番（おはこ）だと教えられたが、《ダーム・ブランシュ》（白い貴婦人）といってアイスクリームに熱いときたてのチョコレートをかけたのがでた。それをスプーンでなにげなく一口しゃくってみて、ほとんど〝驚（きょう）

愕(がく)〟と書きたくなるショックをおぼえた。

思わず

「……？……！」

顔をあげると、大兄も

「………！」

黙って眼を丸くしていた。

諸兄姉よ。

ほんとのチョコレートは子供の菓子ではないんだ。それは成熟した年齢の、厚い胸をした、辛酸をくぐりぬけてきた大の男のためのものなんだ。お菓子というよりは最高の料理の一つなんだ。板チョコだの、インスタント・ココアだの、ウィスキー・ボンボンだの、チョコレート・キャンディーなどと申すものは、どんなに苦心してつくったところで、これにくらべると、美女とその骸骨ぐらいの相違がある。それはホロにがく、気品が高く、奥深さに底知れないところがある。最高のスープをつくるよりも材料の撰択(せんたく)と手間に注意や精力がそそがれ、その労苦がことごとく香りや味や舌ざわりのそこかしこにあらわれているのだ。さよう。それはプロ中のプロが精魂こめてつくるカカオ豆のスープなのだ。そしてスープほどむつかしい料理はないのである。

この店のショコラを知ってからやっと私はなぜ十九世紀のフランス文学やロシア文学にあのようにしばしばショコラが登場して大事がられているのかということがわかったよう

な気がした。蛮瘋癲のインスタント・ココアを飲んでいたのではとてもわかるもんじゃなかった。板チョコでもウィスキー・ボンボンでもわかるもんじゃなかった。舌から厚い苔が落ちたような気がした。そしてこれは残念なことに名品中の名品がしばしばそうであるようにあの店までわざわざ出向いてその場で食べるよりほかにどうしようもないものである。一度、ぜひ、いって下さい。

水銀、カニ、エビ、白ぶどう酒、かしわ餅三コ

「倉敷へカニ食べにいけへんかァ?」

「泳ぐカニですか、這(は)うカニですか?」

「泳ぐカニやね。菱(ひし)型をしてるワ。それをこう、冷やした白ぶどう酒でやってみてみてみ。パックス・ジャポニカやで」

「酒は何でしょう?」

「まずシャトォ・リオンやね。それからつぎにシャブリ。ムルソォ・ショワジもある。ほかに何かお好みのものがあればいうてほしい。用意させとくわ」

「瀬戸内海は底も海面も汚れに汚れてる。それは海というよりは夏の腐った池みたいなもんで、魚も貝もメチャクチャ。食べたらどえらいことになる。だから漁師は魚をとっても市場へ売りにいかないで工場へ持っていって補償金をもらい、魚は捨ててしまう。そんな話を聞きましたけど、いいんですか」

「そういう場所もあるし、そうでない珍しい場所もあるんや。おれはこれでも科学者やで。信用してんか。もし病気になったらいっしょに仲よう病院へ入ろやないか」

「病院代は持って頂けるんですナ?」

「三途(さんず)の河の渡し賃も持つデ」

「その一言聞きましたぞ」

この春、某夜、大阪から佐治敬三氏の電話があり、おおむねそういうやりとりをした。氏のおっしゃるところでは、毎年、シュンの頃になると夫妻で倉敷へカニを食べにいく。汚染の話は耳にタコができるほど聞いてるけれど、夫妻ともピンピンしていて、いっこうに水銀が頭へでたという兆しがない。お目あての店は一軒きりであって、他の店にはいったことがないとのこと。満満の自信と期待の声音である。ときどきウフ、ウフと忍び笑いの声も洩れ、まことにたのもしい(この人はいつもそのようであるが……)。

そこでさっそく新幹線に乗り、新大阪駅から乗りこんでくる御夫妻と車中でおちあう。入院費は全額負担して頂けるとしても水銀はやっぱり気がかりだから、手近にあった関西の釣り雑誌の最近号を携帯した。これにはたくさんの釣師が関西一円の海で釣りあげたデフォルメ魚の写真と地名がおびただしく掲載されている。どれもこれも背骨が曲っていたり、ヒレがとけていたりで、おそらく汚染のせいでそうなったのだろうが、見るからに薄気味わるいのである。ためしにそういう魚のとれた地名を地図で見ると、山陽、四国、九州と、西日本全体にわたっていて、もちろん瀬戸内海も含まれている。海はプランクトン、貝、魚、汚染物質いっさいがっさいの環流現象であるはずだから例外の〝珍しい場所〟などがあろうとは、ちょっと、信じにくい。

車中でその雑誌を

「恐れ入りますが、ちょっと」

といってさしだす。
佐治氏は一読してだまりこみ
「ちょっと気になるネ」
と声が低くなる。
夫人のほうは威勢よく
「私ら、気にせえへんねン」
笑声をおたてになるが、思いなしか、どこかひきつれたようなところがある。
倉敷のひっそりとしてほの暗い道を歩いていると、ときどき、旧家らしい、しっとりとした木組の老舗の和菓子屋がある。明るい灯がつき、壁に達筆で『かしわ餅』、『さくら餅』などと書き流した白紙がさがっている。それを見て佐治氏は声をだし、夫人に
「かしわ餅、買うてんか」
とおっしゃる。
夫人は、慣れた声で
「あとで買うたげる」
と歩いていく。
夫はさらに
「かしわ餅、忘れたらあかんゾ」
と念をおす。

妻は
「あとで、あとで」

とさきへいく。

どうやら佐治さんはカニを白ぶどう酒でやったあと、そのうえあの甘ったるいかしわ餅を食べるつもりらしい。ウィーンで私はケーキをサカナに白を飲んだことがあるけど、あのケーキはしぶくほろにがいもので、かしわ餅のようなものではなかった。おどろいた人だ。ウィスキー会社の社長が夜ふけにホテルの一室でかしわ餅を食べているという光景。絶対矛盾的自己同一の好例でもあるか。

うまいもの屋の名を書くとたちまち客がおしよせてマズイモノ屋になってしまうからその好ましい若夫婦がやっているお店の名はこの稿ではあえて割愛させて頂くことにする。知りたかったら倉敷へいって小料理屋を一軒ずつ攻めてごらんなさいナ。

その小さな店では私たちの顔を見るとたちまちノレンをひっこめ、『本日閉店』をだし、戸をピタッとしめて錠をおろした。アコウの刺身。吸物。活きエビ。カニ。つぎつぎとでてくる。アコウは内海の名産だが、久しく私は忘れていた。この気品ある淡泊と膩味（じみ）は関東にはないものだ。関西の魚通にいわせると西日本の海水はこってりとしてコクがあるから魚がうまいが、東日本の海水はしゃぶしゃぶで魚が水っぽくなるのだそうである。菊池寛は四国出身だからそのことをよく知っていて、昔、随筆に書いたことがあった。このコクのある海水で育った内海の小魚と、西宮の水と、播州（ばんしゅう）の米が灘（なだ）の酒の味を決定したのである。湯からあがってみごとな朱を輝やかせているガザミの甲羅を割り、行儀も作法もくそくらえ、むしゃむしゃちゅうちゅうと噛んだり、すすったり。そこへキリリと冷えた白のセック（辛口）を流しこんで、舌、歯、口の内側、まんべんなく洗っていると、眼がうるんで、熱い、透明な煙がたちこめてくる。どこか薄明の遠くで、水銀が、光ったり、つぶやいたりしているらしいのだが、われらの愚かしい歓びは広大であって、そこをわたってくるものがない。

その夜は船のようにどっしりとなってその店をでると、岡山までいってホテルに一泊したのだが、翌朝ロビーで佐治さんに会ったら、かしわ餅を三コ食べたとのことであった。そして二コのこったから、それを今朝起きがけに頂いたが、結構なもんやったネ、とおっしゃる。白だけで昨夜は三本か四本倒したと思うのだが、それにアコウだ、エビだ、カニだとつき、なおホテルへ引き揚げてアンコロを三コ平らげたとおっしゃるのである。

「まるで……馬なみですナ」

たじたじとなってそういうと

「おれの顔のことか？」

けろり。

ブリア・サヴァランは名コックというものは繊細な舌に木こりや波止場人足なみの体軀が必要だと書いていたと思うが、ウィスキーのブレンドをする人物もやっぱりその条件を持たねばならないのであるか。

ラーメンワンタンシューマイヤーイ

サッポロ、さっぽろ、札幌、どさんこ、釧路(くしろ)、函館(はこだて)、蝦夷(えぞ)、蝦夷ッ子、ピリカメノコ、熊、山親爺(おやじ)、エルム、時計台……見るともなく見ていると、ラーメン屋の屋号は百家争鳴。北海道派がそうやっておしまくるなかに、チラホラと博多、熊本、鹿児島など、九州勢も肩をならべて、たいそうなにぎわいである。

ときどきどうにもおさえられなくなって、駅前食堂のラーメンやヤキソバを食べたくなるという衝動が、私にある。どこの駅前で食べてもおなじ味がし、その味ときたらミもフタもないとしか申上げようがないとわかりきっていながらも、でかけずにはいられなくなるのである。そしてやっぱりダメだったと思って帰ってくるのだが、しばらくするとまたぞろいきたくなる。〝味〟をたのしむためではなさそうで、もっぱら何やらこみいった心因性の、それも数字でいえば端数のような心理ではないかと思える。味には常味、珍味、贅味(ぜいみ)、魔味、ゲテと、いろいろあるが、もし駅前ラーメンに味があるとしたら、何と呼べばいいのだろうか。

〝味〟はあくまでも主観だし、偏見であるから、A氏が瞠目(どうもく)する皿にB氏が眼をそむけるということがしょっちゅうあり、それはあたりまえのことである。ソバ屋へきてこれはビフテキではないと叫ぶようなことが、よく起こる。バカバカしいといいたい事態だけれど、ビフテキに全身を魅了され占められてしまっている人物なら、いたしかたあるまいと思えることでもある。野坂昭如はラーメンとカレーライスとハンバーグさえあったら飽きないんだと、書いたり、喋ったりしているようで、それはタテマエなのかホンネなのか、よくわからないところがあるが、かりにホンネだとしても、彼を舌バカだの味痴だのとは呼べないのである。ストラスブール産の松露入りで一年間素焼の壺につめられて地下室で寝かせられたフォアグラじゃなきゃ、オレ食った気がしないんだと力むあなたよりもはるかに深く、彼がラーメンに没入しているのだったら、どうしようもあるまい。ヴァレリーは、交響曲よりシャンソンが好きだという人物を低級だと思ってはいけない、といったぜ。

東南アジアのきたなくて貧しい麺家で、毎日毎日、絶妙の湯麺や雲呑を私は食べていたので、それが忘れられないばかりに、ラーメン、シューマイ、ワンタンなどという字を見ると、よせよせという声がしきりにわきたつのに、ついふらふらと入っていって試めさずにはいられない。こういうざっかけな安物でウマイ味をだしている店があると、尊敬せずにはいられないのだが、まず、ダメだ。十軒中九軒まで、ダメだ。麺があかんか、スープがあかんか、麺もスープもあかんかである。たいていの麺がクタッとなってスープのなかで溺れ死んでいるし、スープに厚さと深さとまろみと艶がないのだ。札幌でも博多でも、銀座でも荻窪でも、土地で折紙がついている店に、通に教えられたり、運ちゃんに教えられたりして、せっせとでかけたが、ウムといわせてもらえたタメシがない。

一升瓶や石油罐に入っているデキアイのダシを使ってる店は論外として、巨大なストック鍋で骨やトリやネギなどをコトコトと煮ている店だと、カウンターについてから、さてさてと手をこすって待ちたいうれしい気持が、油のように湯のように湧いてくるのだが、毎度、毎度、正確に最初の一口で失望させられる。荻窪でも銀座でも札幌でも博多でも、あかなんだ。こんな安物が、こんなにたくさん店があって、こんなに全国的に貪り食べられているのに、こんなにあかんということは、わが国、よほど民度が低下したのじゃあるまいかといいたくなる。店の名声に一も二もなく恐れ入って、さほど自分でもウマイと思っていないらしいのに、賞讃や紹介の言葉を書く食味評論家の民度も、またひどいものだと思わせられる。

食味のガイド・ブックとしてはミシュランのそれが世界的名声を持っているが、これはタイヤ会社の食いだおれ社員のうちで〝魔〟と折紙のついたヤツらがおしのび、匿名でこっそりでかけては採点するというところに秘密がある。そのムッシュウたちは名も顔も知られていないのだから、レストランの主人にしてみると、練達のテロリストに爆弾を仕掛けられるようなものである。毎日毎日、おびえて緊張して、家業にいそしまなければならないということになる。ソコだ、問題は。（柴田書店も一冊ぐらい匿名の闇討ち版をだしてはどうかしらと、おすすめする）

ラーメンよりもいけないのが、ワンタンである。ワンタンは、〝雲呑〟、英語ならWong Tongと書くが、わが国のはことごとく〝雲〟だけ。ワンだけである。中身がまったくコンペイ糖ぐらいしか入ってなくて、汁のなかでべろべろと白雲がたなびくだけである。こんなひどいものがよく売れると思わせられるのだが、いつまでたってもメニューや壁の品書きから消えないところを見ると、それなりに買われているらしいナ、と察しがつく。しかし、嘆かずにはいられないのだ、私としては。本場のきたない、貧しい麵家で、安くて、うまい、まっとうな雲呑をパック旅行で抜駈けして、ぜひ一度やってごらんなさいと、顔も名も知れない多数の人に声をかけたくなってくる。

これらにくらべると、シューマイは、依然として大多数は箸にも棒にもかからない低空飛行ながらも、少数はチラホラ、いいのができるようになってきた。小生の研究の一端によると、干して絶妙になるのは茸(きのこ)では椎茸(しいたけ)、貝では帆立の貝柱である。ことに帆立の貝柱の干したのからは、ジワジワとすばらしい滋味がでてくる。豚の背脂かこいつをシューマイにまぜるかまぜないかで、俄然(がぜん)、様相が一変する。そこへ椎茸を入れてみろ。またまた一変するのだ。貝柱も椎茸もけっして安いものではないから、だから当然、それらを含有したシューマイ先生もお安くとまっていられなくなる。

しかし、もともとウマイモンを攻めるときには、それなりの覚悟をそこはかとなくしてかかるのだから、それなりの味があたえられたら眼をつむりたいと、こちらは思いきめているのである。そこで、本場と比較して、誤訳でもなければ悪訳でもなく、珍訳でもなければ抄訳でもないシューマイを食べられる店の名を、ここに少数ながら列挙したいけれど、このような場所にそれを書くと、たちまち客が殺到してたちまち味が落ちてしまうにちがいないから、とくに割愛することにした。

恋とおなじだ。
御自分で見つけて下さい。

茶碗のなかの花

ジャスミンの花は小さい。小さくて白い。小さくて、白く、その香りは高い。北京の初夏は涼しくて乾いて爽やかだったせいか、この花の香りは〝清鮮〟だったように記憶しているが、カイロの夏はむしむしとしてねっとりと重かったためだろうか、おなじ花の香りを〝濃烈〟とおぼえている。北京ではたしか天安門広場のすみでおばあさんが小さな屋台をだし、氷のうえにこの花をのせて売っていたと思う。花を氷にのせるのは珍しい光景であったが、通訳の中国人の説明では、そうやって冷やしておくと花の香りが散らないで永もちするのだということだった。おばあさんは小さな三角の紙袋に入れて売ってくれるのだが、それをホテルに持って帰り、皿にのせて部屋のすみにおくと、やがてしなやかな香りが糸のように、煙りのようにたちのぼって、部屋じゅうが芳しくなってくるのである。花を切花や鉢植ではなくて花そのものを氷にのせて売るということが私には珍しく思われ、また、花を皿にのせて部屋のすみにおいて香らせるということも珍しく思われた。ジャスミンの花は小さいので、いかにもつつましやかで幽雅なことと感じられた。けれど、ちょっと外出して帰ってきてみると、この小さな花から、皿がまるで香炉になったのではあるまいかと思われるほどのゆたかな香りが、音も形もなくたちのぼって、部屋が春の温室のようになっているのだった。サイゴンでホテル暮しをしていた頃は、よくパイナップルを買ってきて部屋のすみにころがしておいたが、三時間ほどシエスタ（昼寝）をしてから眼をさましてみると、甘くねっとりとして芳烈な香りがまるで縞目が見えそうになって幾筋も部屋に漂っていたものである。ジャスミンとパイナップルの香りが部屋にたちこめているたたずまいはいまでもすぐに思いだすことができる。と同時に、もちろん、そのまわりと日々にあった無数の記憶も、ざわざわと顔をもたげてくる。

北京ではそうやってジャスミンを氷にのせて屋台で売っていたのだったが、カイロでは数珠にして売っていた。この小さな花を木綿糸で縫いつないで長いのや短いのや、さまざまな数珠にして、足までかくれる白い長衣を着た男たちが腕にかけ、客と見ると町角からかけつけてくる。長い数珠はおそらく首にかけるのだろうが、短い数珠が自動車の天井にピンでとめられてゆれているのを何度か目撃したことがある。せまい自動車のなかがやっぱり春の温室のように芳しかったこと、少し汗ばんだ女の熱い指のように耳や首にまつわりついてくると感じたことなどを思いだす。カイロの街にたちこめる匂いは、夏や、貧しさの匂いだったが、むれた立小便や、乾燥ナツメをつめた麻袋や、南京虫などを連想させられたはずである。早朝の澄みきった空にうねり、ひびきわたる、朗々としたコーランを誦する声が、まるで塔を築いては消し、築いては消しする波濤のようだと思ったことも思いだされてくる。それらの記憶のなかでジャスミンの甘く、ひめやかで、しかも濃烈な香りが、何かしら凛とした気配をたたえていたことを、ことに追憶したくなってくる。

ジャスミンの香りはさまざまに仕立てることができる。それは香水になるし、タバコに仕込まれるし、茶にもなる。ジャスミンの香りの入ったタバコはイギリス製の『ジャスミン』を知っているが、タバコの香りはどちらかといえば伝統的に辛口を愛しているはずのイギリス人なのに、このタバコだけはしっとりと湿ったような、沈着と幽雅の漂う甘さがあって珍しいものである。成熟した年齢の、胸の厚い男のまわりに漂うのにふさわしいのは、むしろ葉巻やパイプ・タバコの香りであるような気がするので、きっとこのタバコはレディー向きに作られたものなのだろう。ジャスミンの香りなら、むしろ私は、熱い茉莉花茶（モーリーホアチャ）の茶碗からたちのぼる、最初の優しい一撃が好きである。中国の茶にはおびただしい種類があり、東南アジアの各市にある大きくて荘厳な茶舗に入ると、棚にずらりと並んでいる華麗、精妙、奇怪、不可解、それぞれの茶の銘をひとつひとつ読んでいくだけで圧倒されてしまって、何を買っていいのか、わからなくなってくる。花の香りを仕込んだ花茶（ホアチャ）だけでも、ざっとかぞえたところでジャスミン、ハマナス、バラ、モクセイ、クチナシとでてくる。花茶は安物の茶をごまかすために花の香りをつけたのだという説と、いや、あれはあれで立派な独立物なのだという説と、いろいろ耳に吹きこまれて、迷ってくるのだが、これは安物だ、あれは上物だ、安物の茶はこうである、上物の茶はああであると〝論〟らしい論をたてるにはこちらがあまりに無知でありすぎ、相手があまりに鬱蒼としすぎている。何しろ世界各国語の〝茶〟という単語の音源はことごとく中国語のそれではあるまいかといわれているくらいなのだからこちらの無知はあたりまえのことで、はずかしくも何ともないことである。

中国へいったのは十二年前のことである。野間宏氏を団長とする文学代表団の一人としていった。それが私には生まれてはじめての海外旅行で、これをきっかけにしてあと十年は機会とお金さえあればどこであろうとかまうことなくでかけていくようになった。旅行も流産に似たところがあって、癖がつくとどうにもとめようがなくなる。広州、上海、北京、蘇州とおきまりのコースを通訳につれていかれるままに歩いてまわり、五〇日か六〇日ほどをすごした。そのあいだ一日の休みもなく、毎日毎日、朝・昼・晩、お茶を飲むといえばそれは茉莉花茶のことであった。このお茶は中国へいく以前にもよく飲んでいたけれど、これくらい徹底的に飲んだのはそれがはじめてのことであった。お茶もこれだけ香りのきついのを毎日毎日飲んでいると、自身にはわからないことだけれど、汗腺にも浸透するのだろうか。日本に帰ってくると、シーツや寝床へ汗にまじって匂いがこぼれだしてしまい、妻が

「おかしな花の匂いがする」

しばらくいいつづけた。

「ジャスミンだよ」

「そう。ジャスミンらしいわ」

「香水の瓶になったみたいだナ」

「話が大きいじゃないの」

そんなことをいって笑っていたのだが、まもなく〝日本〟が食べものや飲みもので再浸

透をはじめて、ジャスミンの香りは消えていった。

　人によると茉莉花茶は胃や神経を刺激しないから気持がやすらいでいいのだという説をたてる。日本料理のあっさりしたもののあとでは個性がつよすぎて舌が負けてしまうけれど、中国料理や西洋料理など、つよい食事のあとですする熱い茉莉花茶の一杯はまことにふさわしくて、ほのぼのとし、のびのびとしてくる。熱いお茶のなかから清艶な香りが陽炎のようにゆらめきつつたちのぼってくるのに出会うと、しばらく無碍（むげ）の放心にふけることができる。私はこの茶のファンになったので家に常備するようになり、横浜へ食事にいったときなどは中国料理の材料をいろいろと売っている店にたちよって大罐で買うことにしている。冷（さ）めた茉莉花茶は香りが逆に作用して妙な味になってしまうし、日本風のお茶漬に使うこともできなくて、いわば用途に制限のあるお茶なのだけれど、熱（あつ）あつの淹（い）れたては、芳香が熱と湯気のなかでゆらめき、踊っていて、たまたま茶碗のなかにジャスミンの花が一つ、二つ、漂っているのを眺めながらゆっくりとくちびるを焼きつつすすっていると、砕けてひからびてくたびれきったこころもしっとりと、うるおってくる。この茶を作るのは少女たちで、彼女たちは寡黙だがきびきびとはたらき、ときどきひっそりと笑声をたて、痛烈なまでに澄んだ眼をしているのだろうか。

　ためしに手もとにある書籍文物流通会の編集した『中国食品事典』を繰ってみると、この茶のおおむねの製造法が書いてある。ジャスミン茶だけではなくて、バラ茶、ハマナス茶、たいていの花茶（ホアチャ）はつぎのようにして作られるものであるらしい。茶を人にたとえれば、まず、体になるのは、緑茶のなかでは〝毛峯〟という安徽省の黄山あたりに産する種である。それを摘んできて、よく選りわけたあと、70度から80度であぶる。つぎに摘みたての花といっしょによくかきまぜて密室に積みあげ、十二時間ぐらい布で蔽っておくと、花の香りが茶の葉にしみこむ。分量は茶が四、花が六といったところ。つぎに茶をひろげて熱を放散させ、38度ぐらいになったところでふたたび密室に積んで十二時間ぐらいおく。これで香りはたっぷりと茶に移るのだが、花がまだ湿っているから、茶と花をふるいわけて、べつべつにする。茶は茶だけで100度から130度ぐらいであぶる。あぶりすぎると茶が乾くのはいいけれど花の香りも散ってしまうので、よく気をつけなければいけない。つぎにこの茶をひろげて熱を放散させ、35度ぐらいになるまで待つ。そして、新しく摘みたての花をまぜて香りをつける。密室に閉じこめて茶と花をまぜあわせ、それを熱したりさましたりということを繰りかえすわけであるが、それを二回、三回、四回と繰りかえせば繰りかえすだけ香りが高くなり、回数をかさねたものほど逸品になるとされているが、四回ぐらいが普通である。花がジャスミンなら『茉莉花茶』、ハマナスならば『玫瑰花茶』、モクセイならば『桂花茶』となる。

茶については私はこの花茶と緑茶が好きである。カフェインに自家中毒してめまいを起す体質なので強い茶が飲めないということもあるけれど、砂糖で味つけをして茶を飲むのがイヤなのである。紅茶は中国製、セイロン製、インド製、イギリス製、ロシヤ製、ずいぶんいろいろのをいろいろの場所で飲んだけれど、一度もしみじみと好きになれたことがない。砂糖を入れるとたいていのものの持味が壊れてしまって幼稚な味になってしまうが、茶もおなじである。日本の中国料理店では紹興酒をたのむときまって氷砂糖をつけてくる習慣だが、あれこそは安物の酒をだまして飲む苦肉の策である。甘くすると舌がバカになるから飲みやすくなるというわけである。だから、紹興酒に氷砂糖をつけてだす店は、うちの酒は下等なのでございますと自分で宣伝しているようなものである。紅茶を砂糖を入れないで飲むということはちょっと考えられないし、そうして飲むように作られた茶であるように思いこんで私も飲んでいるのだが、××印だ、○○印だ、英国王室御用だと、いくら宣伝文句を聞かされても、これは幼稚な茶なのではあるまいかと思うことにしている。どの味が幼稚で、どの味が高貴であるかは人さまざまだからお好きにやってよろしいのだけれど、私にいわせれば〝甘い〟のが幼稚で、〝ホロにがい〟のが幽雅なのである。たとえば淹れたての緑茶である。とれたての山菜である。渓流のワサビである。キリキリと冷えこんだスーパー・ドライ・マティニにおとす半滴のビターズである。魚のはらわたのあら煮である。革の手袋である。雨がすぎたあとの深い森に漂う苔の匂いであり、辛酸をなめた男のふとした微笑である。

茶そのものが分泌した甘みにはみがきぬかれた端麗の舌ざわりがあってみごとなものだと思わせられるが、ときどき茉莉花茶に砂糖を入れて飲んでいる人を見かけると何かいいたくなってだまってしまう。あれはやはり砂糖も何も入れないで、眼がしっとりとうるむような熱のなかで芳烈がいきいきと躍動するのをたのしむものではあるまいか。淹れたての熱い茶碗にかがむようにして顔を近づけ、じっとしていると、香りに音があるように思えてくる。ジャスミンの花に音があるように思えてくる。香りが眼にしみて、しみるままに、その箇処、その箇処から澄みわたっていくように思えてくる。夜の北京駅の空にこだましていた少女の澄んだ声、カイロ市を制覇していたうねるような朗誦、壮烈をきわめた砂漠の落日、バンコックの茶舗の薄暗い影のなかにうごいていたパンツ一枚の男たちの腹、天幕のなかで裸足でヒョウのように踊っていた女の精妙な腰、陳毅の眼に閃いた憎悪、太って満足したような毛沢東の低いだみ声、やせて精悍な周恩来の口もとにあった皺、そのまえをよこぎってきたこれまでのさまざまなものがよみがえって茶碗のふちのすぐそこまでやってきてひっそりと明滅する。

老舎のことをジャスミンの香りがひきだしてくれるが、それはキクの記憶である。北京であったか、上海であったか、某日、私たちの一行は彼の家に招かれて、キクの鉢をいくつも見せられた。彼はどちらかといえば背の高い、やせた、眼光の鋭い老人であったが、寡黙だったという気配しか私にのこっていない。丹念に育てたらしいキクの白や黄の花にじっと眼をそそいでいた横顔が遠い薄明のなかに明滅する。私の知人の中国人は彼が革命後にはじめて日本へ代表団としてきたときに通訳をしたのだが、〝革命後の知識人たちの生活はどんなふうでしょうか？〟という質問をしても何も答えてくれなかったそうである。知人は知識人だからその質問が痛切だったので何度もくりかえしてみたが、一度も老舎は答えようとしなかったそうである。ところがあるとき、何かのはずみに、重慶か成都か、そのあたりの、ちょっとした部屋ぐらいもある巨大な釜に百年も二百年も火を絶やさないでつぎからつぎへと肉や骨や野菜を手あたり次第に投げこんで煮つづけている料理屋があるという話をはじめたとき、それまでだまりこくっていた老舎がふいに口をききはじめた。そしておよそ五時間にわたって徹底的に釜と中身とそのまわりに群がる客たちの風俗を、あの『駱駝祥子』の描写力で、ただし口で、描きだしてみせたそうである。そしてその五時間が終ると、またまだまりこんでしまい、北京へ帰っていったという。この挿話はスターリン時代にショーロホフが毎日毎日朝から晩までひたすらウォッカを飲みつづけ、べろべろに酔いつづけて粛清を切りぬけたという挿話を思いださせ、私にはちょっと忘れられない原情景となっている。文化大革命で老舎が紅衛兵の子供たちに撲殺されたとか、あるいは、それをいさぎよしとしないで二階の窓から体を投げたのだという知らせを聞いたとき——おそらくどちらかであることは決定的らしいのだが——この挿話と、キクの花と、眼を私は思いだし、何事か、胸につきあげてくるものをおぼえた。若いときの私なら、《歴史ハ浪費ヲ求メル》などといったかもしれないが、そのときはただ暗くて激し、あてどがなかった。白い、小さな、芳しい花のことを書きだして、また、話が血で終る。

パンパスの野点肉料理アサードの鞘付ナイフ

　ニューヨークにいるとき、某夜、『ギャラガーズ』という料理店へつれていかれた。これはビフテキ専門の店で、ブロードウェイからちょっと横町へ入ったところにある。店内の壁にはかつてこの店へ食事にきたことのある内外の有名人の肖像画や写真が目白押しにかけられてあって、「ヴォーグ」を数十冊並べたような壮観である。しかし、広い店内をギッシリと埋めて灯と煙りのなかでワイワイがやがや笑ったり食べたりにいそがしい男女たちは、お見かけしたところ、貧富さまざまであって、タキシードや宝石や静粛に黙らされるような固苦しさはまったくない。キミがよれよれのヒッピー・スタイルで入っていっても誰もふり向かないし、トガめる視線でじろりとやられるということもないから、御安心あれ。

　この店の牛肉はブラック・アンガスという牛の肉である。フランスではシャロレというのがウマイということになっているが、ここではブラック・アンガスという黒牛である。牛の肉はトレトレのフレッシイ・フレッシェストの状態よりは、少し時間をかけて熟させてトロリとしかかってきたあたりがウマイので、そのあたりの操作のことを〝エージング〟と呼ぶ。この店は入口に大きなガラス張りのエージング・ルームがつくってあり、お得意様の肉塊が白布に包まれてズラリと並んでいる。ブロックの一つ一つにカードがピンでとめてあり、カードには〝ハワード・ヒューズ様〟とか、〝ケイゾー・サジ様〟などと書いてある。食べごろになるとヒューズ様やサジ様に電話する。ちょっとわが国のバーのボトル・キープ制に似たところがある。そこでサジ様やアナタ様は友人をつれて登場し、ガラスごしに自分の肉を見せ、白布から洩れて見える切断面の熟れぐあいをとっくりと観賞して満足してから悠々と店内へ入っていくということになる。

この店ではすべて肉を炭で焼く。店の奥には長大で巨大な焼肉場があって、炭火が猛烈な食慾で焙(あぶ)られて、明るい、さかんな色と輝きを見せ、無数の肉片が脂をわかせ、とけかかり、煙りをたてている。その肉片の無数ぶりを一瞥すると、客の註文を一つ一つ、レアだ、ミディアム・レアだ、ウェルダンだと区別して焼いていく料理人の記憶力はたいしたもんだと感嘆したくなる。フランス語ではブルー・ド・ブルーとか、ア・ポアンとか、セニャンとか、焼きの段階によっていろいろの単語があるが、どう註文してもセニャンの状態でしか持ってこない店が多いのは不思議である。セニャンはミディアム・レアのレア寄りの焼き方であるが、表面は熱くて焦げ目がついているのに、中身はヒンヤリと冷たくて生(なま)である。これは肉そのものが美肉であると、ウマイ焼き方であるが、ときどきブルー・ド・ブルーをためしてみたくなることもある。これは想像では熱い鉄板に肉をこちらからあちらへただコロコロところがしただけといいたくなるようなもので、ナイフを入れてみると、まったく生である。しかし、ウマイ。噛みしめると、ウマイ。牛そのものが、いいと。

サワラ、マナガツオ、アマダイなどという魚は新鮮なままで食べてもいいけれど、味噌漬や粕漬などにすると他に例のない含みゆたかな味になる。果物でもバナナやパイナップルなどのように人工が加えられると加えられただけ美味になるのがあるのとおなじである。しかし、焼肉も世界のあちらこちらを糸の切れたタコのようにほっつき歩いてつまみ食いしてみると、エスコフィエ風に濃いソースをどろりとかけたのよりは、岩塩とコショウだけをまぶして、そして炭火で焼いたのがナンバー・ワンだとわかってきた。肉そのものの味がわかるからだし、トドのつまりは料理の真髄は深みのある単純さが至境なのであると、わかってくる。そこへたどりつくまでには爛熟、発熱、多彩、豊満、巧智、さまざまな段階を通過しなければならないのだが、そしてその段階に没我であるヒトに向っては何をいってもムダであるし、自身をふりかえってもそうであったとわかるから、口に泡をとばして議論するよりは、一歩ズレたところへはかない微笑を浮かべて佇んでいるしかないのである。

この点から見ていくと、ブラジルのシュラスコとアルゼンチンのアサードは、肉料理としては発端から終焉まで、至境をめざしているかのようである。両方とも人工の味つけは岩塩とコショウだけである。それを肉塊にまぶしてジワジワと長時間をかけて炭火で焼くというところに共通の特色がある。シュラスコでは長剣そっくりの長串に牛肉のそれぞれのパーツを刺して、肉には岩塩と粗挽きのコショウだけをまぶして、炭火で丹念にジワジワと焼くのだが、ロースト・ビーフとおなじで、岩塩と焦げ目で固くなった外皮が壁になって内部の肉の柔らかさと、おつゆと、味そのものが流出しないように守ってくれる。そうやって焼きあげた肉の一片に〝モーリョ・デ・ピメンタ〟といって、タマネギ、ピーマン、トマト、クレソンのコマギレをオリーヴ油と酢でまぶしたサラダをまぶして食べるのである。ビフテキにサラダをかけて食べるのである。これは卓抜な着想であって、感服させられるのだ。ことにクレソンだけのサラダとなると、あえかな、高雅なホロにが味があるから、舌をつねに清浄に洗われるようで、肉の脂や血や肉汁のこってり味と、いいコントラストになり、こういう演出を考えだすあたり、この国の人の感度、覚度、民度はなかなかのものである。ウカツなことはいえないゾという気持になってくる。

この点ではアルゼンチンの牧場で食べるアサードも立派である。シュラスコでは牛のあらゆるパーツが使われるが、アサードではもっぱら肋（あばら）肉である。肋骨がそのまま目白押しに並んでいる肋肉一枚をキの字型の頑強な金串にひっかけ、それに岩塩とコショウをまぶし、一時間も二時間もかけて、ジワジワと焼きあげるのである。肋肉が一〇キロなら炭は四〇キロ、肋肉が二〇キロなら炭は八〇キロと、つねに肉の四倍量の炭で焼くのがコツなのだそうである。巨大なキの字型の鉄串に肋一枚をひっかけてグサリと大地につきたて、ハダシのガウチョの親分が、真摯なまなざしで、つきっきりで、まっとうに、深厚に、焼きかげんの面倒を見る。これがしばしば初老の年頃ではあるけれど、辛酸のかぎりをかいくぐってきたような、にがい、やさしい、いい顔をしているので、つい見とれたくなる。アラン・ドロンなどという野卑なジゴロ野郎が老いて美しくなったのではなくて、マ、ゲーリー・クーパーなど、古典的端正のいい男が耐えがたきを耐え、忍びがたきを忍んで生きぬいて、そのあげくにつくりあげられたような、傷だらけの顔なんだ。その顔の皺を一つ一つ見ていくだけで一晩、それだけをサカナにして一瓶を、充実した、よろこばしい沈黙のうちにからっぽにできそうな、孤高と風霜の、捨棄しきった端麗であるね。美術館を巡礼して歩くのとおなじくらい生きた人間の行きずりの一つ一つの顔を鑑賞することに歓びを感じている趣味者としては、大草原のさなかで、恍惚（こうこつ）となる。

　こういうパンパスの牧場へいくと、地平線しか見えず、その地平線の両端が地球が球体であることを証明しようとしてであろうか、かすかにたわんで見える。それでいて肉眼では放牧の牛は二十頭ぐらいしか見えない。牧場主にたずねると、ざっと五万か六万ヘクタール、牛の数は七千か八千かというようなことをボソボソと呟く。牛が二十頭しか見えないのに牧場の全面積がそういうことであるなら、この牧場には地平線が三百か四百ありそうだという阿呆な算術計算をしたくなるのだが、とてもその光景はアタマにもカラダにも実感できそうにないから、想像の努力を放棄する。黄金色の脂と泡をしたたらせている肋肉のそばへ歓喜で輝きつつ、よちよちと寄っていくと、みごとな銀髪の端正な牧場主が、若いときにはソルボンヌで勉学にふけったはずなのに、手荒いガウチョたちと多年、寝食をともにしてきたものだから、その感覚で挨拶する。客の出鼻をくじいてたのしむという発想法で、いきなり、握手もそこそこに、女の御芽子を舐めるのが好きですか、あなた、とたずねるのである。この発想と質問にはすでにそれまでに二、三度、慣れていたから、ヘドモドしない。ノメリこまない。悠々と、鼻を撫でながら、私の鼻がどうしてこんなに低くて丸くてチビてしまったか、ごぞんじですねと、たずねかえすのである。すると銀髪の老紳士はニッコリと笑い、アミーゴと叫んで抱きついてきて、やにわに耳のあたりにぶどう酒くさい、ザラザラした唇を、プチュッと、吸いつけにかかる。

サテ。それからあとは、その銀髪のソルボンヌ出の老紳士は、先祖伝来の純銀の鞘に入った小さなナイフをわたし、背のベルトへ斜めにさしこむことを教え、それを右手で抜いて肋肉を切りとることを教えてくれる。この国のアサード料理では、肋肉のほかにアペタイザーとして、腸とソーセージを焼くことになっていて、それらはそれらでなかなか美味かつ多汁であるが、セニョールはこちらの肩を抱きかかえるようにして、いちいち、手厚く、あれを食え、これを食えといって、木皿にとってくれる。まだまだしゃぶってやろうと思ってとってある肋骨を、いきなり、これは冷めたからダメだ、こちらを食べなさいといって、熱アッのを新しく切りとって木皿にのせてくれたりする。その親情。その深切。つくづく、生の不思議を感じたね。チビた鼻の頭をネタにしてこれほどの美味と友情にありつけるとはネ。

讃えられてあれ。

かわいい、小さな、丸い鼻。

すりへった、チビた、丸い、その頭。

午後の一時頃からあちらの牧場、こちらの牧場、ソルボンヌ大学やベルリン大学ですごした若い日の記憶が昨日のタバコの煙りのようになってしまった牧場主たちが、トヨタのランドクルーザーにとび乗って、退屈で自殺したくなったこころをノドまでつめこみ、サア、おもろいぞ、日本人の小説家で釣狂だという変り者がはるばる九ヵ月がかりでアラスカからここまでおりてきたという。何か新しい話が聞けるんじゃないか。半ば子供の脳を持ったスレッカラシのオトナという顔つきでかけつけてくる。そして、木のしたで、アサードとビーノ（ぶどう酒）で、わいわいガヤガヤ、のべつチステ（小話）を交換しつつ、夜の八時頃まで。

南十字星が登場する頃まで。

ロートレックがイナゴを食べた

まずは。

新年の御慶申上げます。

連載第一回が正月号なので、何はともあれとそう書きつけてみたけれど、さて、あとがつづかない。にこやかに微笑して挨拶はしたものの、そのあとフッとだまってしまうのがこの時代の特長であるのかもしれない。〃どうもどうも〃という言葉は何の挨拶もしたことにならない挨拶だけれど、面と向って眼を見て、そういいかわすと何やらヒトとヒトが出会った感触だけはつたわる。それすらもなかなか入手しにくい時代なのだから、これはこれで立派に機能を果しているといえる。朝、昼、晩、おかまいなしだし、季節もおかまいなしだし、長幼師弟の秩序もおかまいなし。混沌時代の泡かもしれないけれど、まことに寛容おおらか。曖昧表現はわが国得意の生活芸術だけれど、切実の知恵でもあるのだろう。

昔の中国人もしたたかに現世で苦しめられたせいだろうか。〃マーマーフーフー〃という挨拶を編みだした。漢字で書くと〃馬々虎々〃である。ある状況をさして、見かたによってはウマのようにも見えるしトラのようにも見えますというところだが、なかなか小憎い芸術である。わが国の〃どうもどうも〃や〃まずまず〃や〃ボチボチでんナ〃あたりに相当するのだが、発音がやさしいのと、その発音のユーモラスなおとぼけ気分が愛されて、西欧に移植され、辞書にも編入されるようになった。西欧人でもいささか素養のある人物ならときどきくちびるのうえでマーマーフーフーところがすのをたのしみにしているのと出会うことがある。曖昧の領域のなかで息づくしかないことは多いのだし、その領域は拡大されるいっぽうなのだから、こういう知恵は尊重したいものである。

誠実だけれど質に貧寒なところがある。謙虚だけれど核の部分がみすぼらしい。昂揚しているようだけれど足が地についていない。そういう挿話はたくさんあるけれど、書く気が起らない。人口爆発、食糧不足、政治貧困、住宅困難、物価暴騰、ことごとく四字ずくめでしかも〝馬々虎々〟のような加工ぬきの言葉に吹きまくられる。そこで、やむなく、室内旅行である。文字からは蜜といっしょに毒も放射されると私は感じこんでいるので、本棚という本棚にカーテンをかけて本の背表紙が見えないように工夫しているのだが、そのはしはしをちょっとめくって、何かよいものは、とさがす。あった。

画家のロートレックの料理書である。原題は『料理の芸術』、邦訳は『美味三昧』。画家の没後に親友がその生前愛好の料理のメニュや処方をまとめてやったもので、九割までが、料理法の羅列である。ほとんど毎頁にロートレックのデッサンが色刷りで入っているので、ずいぶん眼をたのしませてもらえる。けれど、フランス料理を食べたことのない人には処方箋が並べられてあるだけだから、とっつきようがないかもしれない。巻末にインデクスがついているので、寝ころがってそこをひろげ、何か変ったものはないかと眼でさがす。スープ類、ソース類、薬味・薬草類、魚貝類、畜肉類と目白おしにならんでいて、この不具の画家がどれだけ生に歓喜して熱中していたか、横顔が見えてきそうである。彼は画を描くかたわら、自分でせっせと料理をつくって、自分も食べ人にも食べさせてたのしんでいたようである。

『イナゴの網焼き、洗礼者ヨハネ風』というのはどうだろう。たいへんだよ。舌がもつれる。〝ソーテレル・グリエ・ア・ラ・モード・ド・サン・ジャン・バティスト・ル・プレキュルスール〟というのだ。

たくさんのイナゴから茶色や黄色のではなくてピンク色の美しいのをさがしだす。金網にそれをのせ、粗塩二、三つまみをふりかけ、炭火で軽く焼く。頭をむしり、内臓もぬきとる。皿に並べてレモンの輪切りを添え、塩、コショウ、トウガラシなどをふりかける。

料理法はざっとそういうところである。〝洗礼者ヨハネ風〟というだけあって、剛健、簡古。野原の路傍のものである。焼いて、塩をふりかけ、内臓をおしだし、手もとにたまたまレモンがあればふりかける、というだけのことである。料理の精髄は単純と誠実にある。物そのものの味を生かすこと。物そのものに語らせることにある。

こういうのを読んでいると、ロートレックの食いしん坊ぶりがまざまざとあらわれてくる。その探究心の不屈ぶりと無邪気さが読みとれて、彼の作品までが親しい、ほのぼのとした熱や香りをたてつつ身近に迫ってくるようである。あの小人の貴族の辛辣な諷刺家、享楽の歓びと不気味をむきだしの正確さで提出した男が、ヨチヨチぴょんぴょんとイナゴを追って野原をころげまわる姿が明るい日光のなかにかいま見られる。

私も小学生や中学生のときにはよくイナゴを食べたものだった。木綿針に長い糸をつけておき田ンぼや野原をいくときにはピョンピョン飛び交うのを片手でつかまえては刺しとおしていくのである。どっさりとれると、それは重い房のようになる。それを持って帰って、七輪で焼いたり、ホーロクで煎ったり、醬油をつけて照り焼にしたりしたものだった。バッタはねとねとあぶらっぽくてイヤな味がするけれど、イナゴは軽快で、香ばしく、肉にムッチリとしたところもあって、いいオヤツになるのだった。近頃ときたま田舎料理を看板にした店でだされる佃煮はあまりに佃煮になりすぎていてイナゴそのものの野の香りがなくなっている。『洗礼者ヨハネ風』という命名は痛烈に正確である。このものはやっぱりそうでないといけない。

この広野のイナゴを、英仏海峡のイナゴ、すなわち小エビよろしく皮をむいて、おなじようにして食べる。似た味がするものである。

そういう注釈もついている。

野のイナゴを海のエビにたとえる比喩はなかなかのものである。なるほどね。イナゴは野原の小エビか。鋭いな。そこまでは私も思いいたらなかった。一歩先んじられたようだ。

ボン・モ（いい言葉）である。

新年の御馳走話にイナゴ。

ふさわしいところじゃないか。

エラクなりたかったら独身だ、スキヤキだ

　どの出版社のどの全集と、あえて名ざすまでもないので、任意のと申し上げておくが、その、任意の、手もとにころがっている全集の一冊をとりあげる。そしてその巻を埋めた著述家の――哲学者でも作家でもいい――生涯についての略歴を読んでみる。すると、何頁も読まないうちに、いや、しばしば、何行と読まないうちに、その人物が独身であったと知らされるのである。独身であるか、準独身であるかだ。

　それと同時に、ちょいちょい、脳梅毒かテンカンかの業病持ちであったことも教えられる。エライ人は、どうやら独身か、業病持ちか、そうでなかったら独身であると同時に業病持ちであった。らしい。と知らされる。日曜の昼下りに、諸君はそういうことをちらと読み、畏服と同時に、オレはどちらでもないナと思いかえして、不満と安堵をおぼえる。

　自身の一片を集中して〝妄想〟という憑依状態（ヒステリー）にまで持っていかないことにはモノが書けないから、どうしてもエライ人は独身か準独身の状態を選ぶよりほかなくなるのだが、イザ、やってみると、これがなかなか楽ではない。掃除とか洗濯とかのほかに、新聞屋さん、牛乳屋さん、トイレットペーパーの交換屋さん、ゴミとりさん、さまざまな人びとが、やってくるか、音高くゆるゆると通過なさるか、音なしにサッサと通過なさるかする。いちいちそれをとらえて、起きていく、お金を払う、ゴミ罐をさげて走る、オジサァーン、

待ってェと叫ぶ。これら、叫びと囁きのうちで、いちばん面倒で厄介なのが食事である。

三度三度、メシをつくってオカズをつくってというのが——そのあとに皿を洗ってというのがつく——わずらわしくてならないので、私は一日二食にすることにした。朝はコーンフレークスに牛乳をかけたのを、しゃぼりしゃぼりガサガサと匙ですくって食べる。これは正気では食べられたシロモノではないのだけれど、昨年、ピューリタンの病院で寝起きするうちに教えこまれたのである。手術の痛苦の経験でもないかぎり、こんなあじきない朝飯ッてあったものじゃないが、人間、何にでも慣れられる。慣れたらさいご、妙味がでてくる。しゃぼりしゃぼりガサガサを毎朝繰りかえしているうちに、一種微妙な味わいを、コーンフレークスに私はおぼえるようになった。しかも、この箱のいちばん底にはプラスチックのドナルド・ダックちゃんなどが入っていて、昔のグリコのオマケとおなじだが、これを一箇ずつコレクトしておくうちに、いまではずいぶんの数となった。

コーンフレークスに牛乳というのは、いかにも勤勉と禁慾主義と素朴を感じさせられる食事だが、反面、とことんズボラでいけるというありがたさがある。ドンブリ鉢にコーンフレークスをあけて、それに牛乳を注ぐだけである。擬音語で書けば、ガサガサというのと、チャボチャボというのと、たった二語ですむ。台所で洗うとなると、ザアザアの一語ですむ。こんなあっけない〝料理〟のくせに慣れれば、慣れからくる親しみと滋味がプラスされるのだから、エライ人になりたかったら朝飯はこれにかぎるよ。ガサガサ、チャボチャボ、ザアザアの三語ですむんだからネ。おまけにポパイだの、キューピーだの、ミッキー・マウスなどがついてくるんだから、毎度、遠い日、懐しい季節の回想にふけることもできようッて。

朝はそれですみ、昼はヌキメシでいくとして、晩はどうするか。何かいいズボラ料理はないものか。一回、鍋を火にかけてコテコテと作ったら、あとは材料か調味料をポンポンほうりこんでいくだけですむような、そのような簡単でうまい料理はないものかと、考えていくうちに、ポ・ト・フ、ブイヤベース、ブルギニヨン、ボルシチ、シチュー、中華菜のあれこれ。かつて食いまくった南船北馬の記憶が、むらむらワラワラと群になってでてくる。そのときどきの窓に射していた日光のたたずまい、男の眼の沈んだ輝やき、女の眼の陽炎のような燦めくうつろい、遠い調理場での人声と物音、戸外の風の音、ひとつひとつの〝場〟についての回想に、ついつい、ふけりたくなる。

しかし、それは〝文学〟であって、キッチンではないから、私はからみつく蔓草をはらいのけるようにして、スキヤキだ、スキヤキと思いつめ、買出しにでかけるのである。スキヤキの鍋には、何といっても南部鉄の鉄鍋がイッチだという説がある。はじめにザクをイタメて、つぎに肉を入れるか。肉をイタメてからザクを入れるか。割下を入れるか入れないか。それぞれについて、精細をきわめた論があり、私も知らないわけではないけれど、いまはそんなことをいっていられない。私のつくるのは〝料理〟ではないのだ。腹につめる（スタッフ）だけの原料でがまんするしかないのである。

そこで、ステンレス鍋でジャージャーとヘットを炒め、乱切りのネギをほりこみ、肉をほりこみ、醬油をチョビリンコ、砂糖をチョビリンコ、ついでシラタキだの、豆腐だのをいい気になってほりこみ、煮えるまでウィスキーをチビチビやりながら、本を読む。日本酒のときにはお余りをポチャン。ぶどう酒のときもお余りをポチャン。ビールもポチャンとほりこむ。すべて酒と味噌は肉を柔らかくし、匂いを消すのにイッチいいと教えられておる。

できたのをウィスキー、日本酒、ぶどう酒、ビール、焼酎、手もとにありあわせのイッパイでやって、初回はそれで満足。

二回めの翌日は、お余りの肉とザクをほりこんで満足。三回めはお色直しで火にかけるだけで満足。四回めはご飯にブッかけて牛丼でいく。五回めは生ウドンを買ってきてほりこむ。六回めはお余りのご飯をほりこんでオジヤ。雑炊である。このときは卵などを張ったりする。

この間、香辛料だけはやたらに買いこんであるので、七味、山椒、シナモン、タイム、ブラック・ペッパー、ピメント、それぞれ一品ずつを若干ふりかけて、どれがいちばんあうかと、錬金術風の探究にふけるのだが、まだ究極の答えはでていない。スキヤキ鍋も、三日、四日かかって火にかけなおして、お色直しをつづけていくと、さいごにはオカユともネコのゲロともつかぬ、一種異様な混沌に到達し、朝眼がさめて台所へいって蓋をとったら、思わずタジタジとなる。しかし、ここでひるんではいけないので、ガスのスイッチをひねり、できるまでうなだれて本を読む。

エラクなるのは。
しんどいデ。

中年男のシックな自炊生活とは

一

ハンバーグのことだが。

これはもともとが、ざっかけな料理である。わが国のオデンやヤキトリが屋台料理であるような、そのようなモノである。オデンやヤキトリも材料に凝りだせばとめどがなくなって、ふと気がつくととんでもない高級料理になりすませるが、ハンバーグやホット・ドッグもおなじことで、原材料の肉をアアダ、コウダといいだしたら、たいへんなことになるだろうと思う。事実、高級ホテルやレストランのメニュにも、ときどきこれは進出して名をつらねているが、チェスナットの木目の豪華に沈潜した壁板にかこまれた部屋では、ちょっと註文する気になれない。

赤や黄や青の原色が看板やパネルに氾濫しているバーガー・ショップのハンバーガーは、灰褐色のパルプを嚙むようなものなのだが、やっぱり〝時代の唄〟みたいなサムシングがどこかにあるらしくて、食べ慣れると、それなりの味なり、懐しさなりが舌にきざまれてくるから、不思議である。パリやローマのような食都でも、こいつらの進出と氾濫を食いとめられないのだから、バカにしながらも、根は深いらしいナと認めざるを得ない。ヤングもオールドも、ガソリン・スタンドで油をカーに注入してもらうようなぐあいに、店へ入っていって、スカシたポーズで立食いにふける。

一九六八年頃のサイゴンは、明けても暮れてもアメリカのどこかの州都と化した観があって、チュドー通りを野戦服姿のアメリカ兵の肘やM―16銃の台尻と接触しないで散歩するのが困難なくらいだった。バーガー・ショップが何軒もでき、いついってもドアがハチきれるくらいの満員だったが、そのうちの一軒、やや静穏な店に、よく私は夕方になると、かよったものだった。

そこでいきずりのチャーリー（アメリカ兵）に教えられたところでは、うまいハンバーグを食うにはコツがあるということだった。

①肉がジューシー（おつゆたっぷり）でなくっちゃいけない。
②メリケン粉が入りすぎるとナンバ・テンだぞ。
③あまり火で焼いてはいかん。
④生焼けのバーガーを片手にし、もひとつの手にタマネギをにぎって、交互にかぶって食うんだ。

店のおっさんはヴェトナム人だが、いちいちすばしこい眼と口で、焼きかたは、とたずねる。そこでこちらはその眼と口につられて〝ミディアム・レア〟と、鉄火の速さで答える。ややあってでてくるのは、ほとんど生肉そのものといいたいようなヤツで、ためしにナイフで切ってみると、白い皿へ生の肉汁がとろりと流れ、赤インキを流したようである。肉の刺身といいたいところである。タルタル・ステーキだ。それをしゃくって口へ入れつつ、玉のままのタマネギをもらってアングリと嚙みつくと、野蛮だが鮮烈なチカチカの汁が口いっぱいに走る。モグモグと嚙んでいると、なにやら壮烈な素朴をおぼえるのである。一種、勇壮の気をおぼえ、ガッデムとつぶやいてあたりを睨めまわしたくなってくる、というぐあいであった。

わが国のハンバーグは、立食いでやっても高級レストランでやっても、いちいちビフテキなみに焼きかたをたずねてくれない。そもそもそんな質問を客にするということ自体が、テンから忘却されておる。たいていでてくるのはコンガリと焦がして焼いたヤツで、その歯ざわりは、平たくノシた肉団子といいたいところである。つなぎのメリケン粉がたっぷりと入っていて、肉そのもののジュースを吸ってしまい、嚙んでみると、モクモクとしていて、あじきない。

切っても白い皿に赤い血がたらりと流れるなどということは起こらない。魚の刺身にあれだけ血相変えて新鮮を争う日本人が、肉となるとまるで幼稚園の給食なみなんだから、不思議である。きまってそこへ正調ブラウン仕立てのソースがねっとりドロリとかかるから、いよいよ生肉の妙味が失せてしまう。

一九六九年であったか。

西ドイツをあちらこちらと、一夏、リュックサック一つで流れ歩いたことがあったが、澄明な解怠（けたい）の日日のなかで、某日、昼寝のさめぎわに新聞で〝ハンバーグ裁判〟という記事を読んだ。新聞は、たしか、《フランクフルター・アルゲマイネ・ツァイトゥング》ではなかったかと思う。小生のドイツ語の読解力は、赤錆びも赤錆び、正体が消えるまでに腐朽してしまっているが、たどりたどりたどりゆっくり読むと、コラムぐらいはなんとか呑みこめる。そこで、シュタインヘーガー（ドイツ焼酎）の宿酔の頭をしぼりしぼり一語、一語、たどってみると、こうだった。

ハンバーガーはドイツではもっぱら〝ドイッチェ・ステーキ〟と呼びならされているが、そのファンの一人が、ある料理店をその筋へ訴えでたというのだ。その店の名物のドイッチェ・ステーキが、どうやら、メリケン粉をまぜすぎていて、肉の味をそこなうまでのところへきている。肉の味がしなくて、粉の味がする。これはゴマカシだというのである。そこで、看板に偽りありといって、堂々、裁判所へ訴えでたというのだ。いっぽう、訴えられたほうのレストランのおっさんは、まッ赤になって怒り、冗談もほどほどにしてくれ、私は伝統主義者なのだ、真のドイツ人なんだ、その私がドイッチェ・ステーキをメリケン粉でごまかすなんて、いいがかりもいいところだ、判事さんも検事さんもぜひ一度、御来店のうえためしてみていただきたいと、これまた堂々、反論する。

この裁判の成否を知らないままに、私はアフリカの戦場へいってしまったのだが、どうやら、〝ハンバーグ〟といおうが〝ドイッチェ・ステーキ〟といおうが、このモノにはメリケン粉をあまりまぜてはいけないらしいナということ、うっかりするとそれは裁判沙汰になるぐらいのものであるらしいナということが、アタマに入った。サイゴンのバーガー・ショップの味も生血、生肉、生タマネギの純粋無雑のそれだったと銘記しているものだから、いよいよ、ナルホドと思いこむにいたった。ハンバーグは団子にしてはいけないのだ。ツナギのメリケン粉は極微量にしなければいけない。こいつは、いわば、肉のニギリメシだ。そのもの自体を味わわなければならない。そういうものであるらしいのだ。

これがアタマに入った。

そこでキッチンに立った。

二

諸兄姉（みなさん）は少年前半期、後半期、青年前半期、後半期と、それぞれの段階をたっぷり味わって、秋の果実と、おなりになる。青年前半期と後半期においては、アパートなり下宿なりにおいて自炊やら外食やらし、〝独立〟なるものの愉しさと侘びしさをすみからすみまで体につけてからつぎの段階へとエスカレート、またはデスカレートなさる。

自炊の面倒な人は毎日毎日、駅前食堂にかよって蒼白い蛍光灯の下でアジ定食、トンカツ定食を食べ、冬になれば、垢光りのしたフトンに顎を埋（うず）めて、マンガを読みつつお眠りになる。シャツはともかくとして、パンツの汚れたのはひとかためにして紙袋につっこんで、ゴミ箱に捨てる。それも目立たぬようにするなら大きい駅へいって、人でザワザワするなかでゴミ箱へさりげなく捨てるのがいいという知恵を、体につけていらっしゃる。もっとシンプル・ライフを望む人は、はじめから紙パンツを買っておいでになる。さらにシンプラー・ライフをめざす人は、ノーパンにジーパンとくる。

しかし、小生は初春のツボミからいきなり秋の果実となったのである。物心がようやくつきはじめた年頃で、フト気がついてみると、駈落ち・結婚・世帯持ち・出産というぐあいであった。それも貧乏のどん底であったから、楽ではなかった。アジ定もトン定も知らなくてすませられたが、そのかわり、ブタのしっぽなどを一本一〇エンで買ってきて、親子三人で食べたものだった。これは、しかし、なかなか味なもんだということを申し上げておきたい。

そういう次第だから、パンツを駅のゴミ箱に捨てる知恵と経験には出会えなかったし、台所でフライパン相手に悪戦苦闘をかさねるということもしたことがなかった。いつぞやオツユを作ってみようと思いたって、アアダコウダとやっているうち、とうとう大鍋いっぱいに得体の知れない醬油汁をでっちあげてしまったことがあり、以後はオツユであれ目玉焼であれ、実技についてはヒタと沈黙することとなった。およそ二十五年か二十六年、そうでありつづけたものだから、昨年、念願の仕事場をつくってその台所にたったときは、いささか昂揚したネ。

ハンバーグからまずいこうときめ、豚と牛の挽肉をウンと買ってきて、いそいそとフライパンをとりだした。これが恐しいヤツで、パリのマドレーヌ寺院のそばにある主婦の店で買ったのだ。ノルウェー製とくる。オムレツをどんなに下手にやっても焦げつかない、もし焦げたらタダでとりかえますというふれこみなのである。何がどうなってそうなってるのかは聞き洩らしたが、その店のオバサンは自信満々であった。分厚くて、重くて、丈夫一式、頑強無比である。

これをドンとガス七輪にのせ、シャツの袖をめくりあげて、挽肉を豚半分、牛半分ずつまぜ、タマネギの乱切りを入れて、ウンウンいいつつこねた。小生のアタマにはサイゴンのバーガー・ショップの生肉同然のものや、フランクフルトのハンバーグ裁判のことがシカと入ってるから、××先生のテキスト・ブックにはパンを牛乳に入れてトロンとさせたのをまぜなさいとあったが、頭から無視した。ハンバーグにマゼモノはいかんのだ。裁判所へ訴えられるのだ。タルタル・ステーキの要領でいこう。卵の黄身ぐらいはよろし。要はこねてこねてこねまくるこッた。すると、肉からねばりがでてきて、ちょうどいいのだ。豚半分、牛半分。ドイツ・ソーセージならボックヴルストというところ。〝合挽き〟を〝逢びき〟とかけたが、どうダ。

卵の黄身を一個分ほりこんで、ボールでウンウンいってこねているうち、そのあいだ可視または不可視の、容姿とととのったのや半ちぎれのや、さまざまの思惟、格言、イマージュが明滅出没して、気散じとしては、はなはだ愉しかった。どんどんこねまくっていると、そうだ、アイルランドにはコネマラという奇妙な名の町があるが、その近くではすばらしいマスが釣れるとのことだなどとも閃めいたりしたが、何やら逢びきはねっとり、トロンとしてきた。

そこへ粗挽きのコショウをパラパラふりこみ、もう二、三度こねまわし、ペタペタとたたいて、平べったい団子にした。ガスに火をつけ、丈夫一式のマドレーヌをあたため、サラダ油をまんべんなくひき、テラッと光ってブツブツいいだしたところへソッと団子を入れ、蓋をしてから、ウィスキーをちびちび。待つあいだ、そこはかとなくよしなしごとに思いふけった。ホドはよしと見て蓋をとってみると、団子先生は油のはじけたつ泡のなかにすわりこんでそろそろ熱くなり、表皮が生肉からキツネ色に変わりかかっている。オレの好みはミディアム・レアであったナと思いだし、なにげなくひっくりかえしにかかると、はしっこからポロポロとくずれる。オヤと思ってつっこむと、またくずれる。これはいけない。ソロソロやってたのではみなくずれてしまう。ここは一発、エイヤと一挙動でいくべし。

そこでエイヤッとつっこんでポンとひっくりかえしたら、そのとたんに先生は全面崩壊をひきおこし、一挙に団子から鍋いっぱいのソボロと化してしまった。一瞬こだわってオ、ラ、ラとフランス語でつぶやいたが、セ・トロ・タール（おそすぎる）。クソッと、今度は直下（じきげ）に日本語でつぶやき、半焼けの奇妙なタマネギまじりのソボロができてしまった。クソッと、今度は直下に日本語でつぶやき、思惟の体系を一瞬にくずして二の陣を張り、腹に入ったら、団子もソボロもおなじことだわサと、思いきめた。

火を消して、ウィスキーをやめてビールにかえ、スプーンで鍋からじかにソボロをしゃくって食べてみたが、これは食べるというよりは呑み下すといったほうがよかった。肉そのものが古いのだろうか、生焼けのくせに赤い肉汁がいっこうにタラリとこぼれてこないのだ。ただ口のなかでモカモカにたにたとするだけで、鮮烈でとろりとしたところのある野蛮の妙味がまるでない。

そこでパンの耳を切ってからマスタードをこってりとぬり、サンドイッチにしてやってみたら、どうにかこうにか舌に乗る。それだって、どことなく、いや、いたるところ、肉でできたパルプの粉といった舌ざわり、歯ざわりである。

おまけにマドレーヌの底には焦げつかないというふれこみのはずなのに、ガジガジとこびりついているものがある。ずいぶんたってから、彼女の尻は丈夫一式の分厚なんだから、火のまわりかたにムラがあり、よくよくこってりと全身に熱がまわってから作業にかからねばならないのではないかと察しがついたが、大女総身に火がまわりかね、ということか。

独身とは。

むつかしいもんなんだナ。

三

大阪から東京へ引っ越してきた舌がさびしがるものはたくさんあるが、その一つがクジラである。罐詰のクジラの大和煮とオバケ（さらしクジラ）とベーコンはたやすく手に入れられるけれど、それ以外の物は料理屋にもないし、材料の入手も困難である。東京のクジラ料理屋でおぼえているのは渋谷の道玄坂にあるのが一軒きりで、ほかにもあるとは風聞に聞いたことがないし、うまいもの案内にもでていないようである。

クジラの肉とコロ（脂肪層の煎り殻）は、昔から関西の細民の冬の人気料理だった。水菜（京菜ともいう）の霜をうけた頃のといっしょにして、鉄の浅鍋でグツグツ煮るのである。醤油や味醂で味をととのえるコツはスキヤキそのまま。秘事、秘伝など何もない家庭料理である。クジラもトドも海獣独特の匂いを肉に持っているので、子供のときから食べ慣れるのでなければ、東京の人にはちょっと敬遠されるだろうと思う。

知床半島の羅臼の町には《日本でたった一軒のトド専門料理屋》と看板にうたいあげた店があって、トドの肉を鉄板焼で食べさせてくれるが、やっぱりクジラとおなじ匂いがする。この匂いは罐詰の大和煮にするとケロリと落ちるが、不思議である。

クジラの料理法をよく知っているのは、関西圏から以西であろうか。下関の人もなかなかよく知っていて、ちょいとした料理屋では〝ひゃくひろ（百尋）〟といって、腸の湯引きの冷めたくしたのを辛子酢味噌で食べさせてくれる。それからトンと離れて東北の釜石あたりでも、やっぱりおなじものを〝ひゃくひろ〟といって、おなじ料理法で食べさせてくれる。〝ひゃくひろ〟は腸一般の古い俗称だが、こんな古語をいまだに使っているあたり、ちょっとうたれる。おそらく、下関も釜石も昔からクジラがよく陸揚げされたので、こんな異味の開発ができたのであろう。これは大阪や京都でもあまり聞いたことのない料理である。

クジラの肉で最高なのは、何といっても〝尾ノ身〟だが、さすがにこれを知っている人は東京にもちょいちょいいらっしゃる。捕鯨船の母船の食堂で食うのが一番だと、よく故きだ・みのる氏に吹きこまれたものだが、これは南極まで出張しなければならないので、当分がまんすることにする。いい熟（う）れかげんのこの肉を刺身にして、ショウガ醤油でやると、淡白なのでおどろくほど食べられる。

馬の最高の肉の刺身にそっくりのところがあって、なるほど、陸にいるか海にいるかはべつとして、御先祖様は同族だったんだなと、にわかに思いだしたりする。だったら馬肉をミンチにしてタルタル・ステーキにするぐらいだから、クジラもさぞやと、想像が走る。うまいぜ、これは。キット。

さらしクジラは東京で買うと白いだけだが、大阪や京都で買うと、ふちに細い、黒い皮をきっとつけるようにしていて、見た目にとてもシックである。これも辛子酢味噌でやると、涼しくて、ヒリついて、夏のビールがいくらでも飲める。

関西の人はこれを一片か二片、赤味噌の味噌汁に入れるが、べろべろトロトロしていて面白い。この部分をさらして、脂ぬきしないで生（なま）のかたまりを塩漬けにしたのがベーコンだろうかと思う。戦後の焼跡時代には、脂肪分が何もないものだから、争って食べたものだった。唇のまわりについた脂を舐めると、舌も体も枯れに枯れ、渇きに渇いていたものだから、とろんとしたねっとり味が無限の滋味と感じられたものだった。

久しくこれから遠ざかっているが、あるとき網走でバーになにげなく入ったらオツマミにでてきたので、思わず胸をつかれたことだった。疼痛のような飢えに苦しめられて部屋をころげまわった、あの頃の叫びと囁やきがむらむらとよみがえってきて、茫然となってしまった。

大阪でもともと〝オデン〟と呼ぶのは田楽のことで、東京でふつうにオデンと呼ぶものは〝カントダキ（関東煮）〟と呼ぶのが、私などの少年時代の習慣だった。なぜこれを、いつ頃から〝カントウダキ〟と呼ぶようになったのか、いずれ冬になったら道頓堀の『たこ梅』へでもいってたずねてみようと思う。

このカントダキにコロを入れて煮ると、ダシにぐっと深さと厚さがでて、コクが濃くなる。オデンにコロを入れるのが、大阪の正調のカントダキの妙諦かと思う。コロというのはクジラの厚い脂肪層から熱で脂をぬいたあとのダシ殻なのだが、脂はまだこっくりとのこっている。これを干して板のようになったのを水、または米のとぎ汁に一夜ほど浸して柔らかくし、短冊に切って、カントダキに入れるわけだ。買うときのコツはなるだけ白いの、白いのと選ぶこと。黄いろかったり、茶っぽかったり、黒いゴマ粒をふったようになっているのは下物である。

カントダキ屋も洒落た店になると、このコロの最上品だけをたっぷりの汁でとろとろコトコト煮たのを、だしてくれる。コツはダシそのものにあるが、ちょっとクジラの脂とは思えないくらい上品に、ふっくらと仕上っていて、感じ入らせられる。あるとき京都の名だたる小料理屋が、お手前のオカズとして食べているのを、一片か二片もらって驚嘆したことがあった。そこでコツをたずねてみると、コロを火であぶり、ちょっとキツネ色に焦げがついたところで、火からおろして短冊に切る。あとは深鍋にダシをたっぷり入れ、トロ火でコトコトやること、それだけのコトどすと、教えられた。

これならやれそうだと思ったので、数寄屋橋の関西系のデパートの地下食品売場へいき、なるだけ白いの、白いのと、選んで買って帰った。そして、いわれたままに火であぶり、ちょっと焦げ目がついたところで短冊に切り、深鍋にダシを張ってコトコト。三〇分か一時間おきにダシをつぎたし、つぎたしして、その日はまるまる一日をコロのために消費したのだったが、夕方頃にできあがったのを召し上ってみると、テンでだめだった。おそらくダシそのものに、プロとアマのどうしようもない、大差があったのだろうと思う。

こんなモノは料理のうちにも入らないのだけれど、書も画もプロのいたずら描きとアマのいたずら描きとでは手のつけられない差がレキレキとでる。それに似たことだったのだろうと、肝に銘じたことだった。単純ほどむつかしい技はないのである。技を技としない妙技というのは、つくづくむつかしいことである。

本書には、今日では差別的表現とされる語句が使用されておりますが、
作者が故人であり、作品発表時の時代背景と差別的意図が無いことを
考慮し、底本のテキストのままとしました。

＊本書は、新潮社版『開高健全集』を底本とし、新潮文庫『地球はグラスのふちを回る』『開口閉口』文春文庫『最後の晩餐』などを適宜参照しました。

＊本書は、『巷の美食家』（二〇〇五年七月、小社グルメ文庫）を、新装版としてハルキ文庫より刊行するものです。

巷の美食家 新装版

著者 開高 健

2005年 7月18日第一刷発行
2017年12月18日新装版 第一刷発行

発行者 角川春樹

発行所 株式会社角川春樹事務所
〒102-0074 東京都千代田区九段南2-1-30 イタリア文化会館

電話 03(3263)5247(編集)
03(3263)5881(営業)

印刷・製本 中央精版印刷株式会社

フォーマット・デザイン 芦澤泰偉
表紙イラストレーション 門坂 流

ISBN978-4-7584-4135-3 C0195 ©2017 Kaikôtakeshikinenkai Printed in Japan
http://www.kadokawaharuki.co.jp/[営業]
fanmail@kadokawaharuki.co.jp[編集]　ご意見・ご感想をお寄せください。

井上荒野の本

キャベツ炒めに捧ぐ

「コロッケ」「キャベツ炒め」「豆ごはん」「鰺フライ」「白菜とリンゴとチーズと胡桃のサラダ」「ひじき煮」「茸の混ぜごはん」……東京の私鉄沿線のささやかな商店街にある「ここ家」のお惣菜は、とびっきり美味しい。にぎやかなオーナーの江子に、むっつりの麻津子と内省的な郁子、大人の事情をたっぷり抱えた3人で切り盛りしている。彼女たちの愛しい人生を、幸福な記憶を、切ない想いを、季節の食べ物とともに描いた話題作、遂に文庫化。（解説・平松洋子）

井上荒野の本

リストランテ アモーレ

仔牛のカツレツ、ポルチーニのリゾット、鯛のアクアパッツア、ホタルイカと菜の花のスパゲッティ、レモンパイ──偲と杏二の姉弟で切り盛りしている目黒の小さなリストランテ。名前は「アモーレ」。常連客の沙世ちゃんと石橋さんの理由ありカップルやひとり客の初子ちゃん、そして、杏二の師匠で今は休養中の松崎さん……など、それぞれの事情を抱えたアモーレどもと季節の美味しい料理の数々を描く、幸福に満ち満ちた物語。
（解説・俵万智）

ハルキ文庫

上田早夕里の本

BAR追分

新宿三丁目の交差点近く―かつて新宿追分と呼ばれた街の「ねこみち横丁」の奥に、その店はある。そこは、道が左右に分かれる、まさに追分だ。ＢＡＲ追分。昼は「バール追分」でコーヒーやカレーなどの定食を、夜は「バー追分」で本格的なカクテルや、ハンバーグサンドなど魅惑的なおつまみを供する。人生の分岐点で、人々が立ち止まる場所。昼は笑顔が可愛いらしい女店主が、夜は白髪のバーテンダーがもてなす新店、二つの名前と顔でいよいよオープン！

ハルキ文庫

七尾与史の本

ティファニーで昼食を

ランチ刑事(デカ)の事件簿

室田署刑事課の新人・國吉まどかは、先輩で相棒の巡査部長・高橋竜太郎に「警視庁随一のグルメ刑事」と呼ばれるほどの食いしん坊で、ランチに全精力を傾けている。そんな二人が注目しているのが、署の地下にある食堂がリニューアルされて出来た「ティファニー」。値段は高めであるものの、「絶対味覚」を持つ謎めいた天才コック・古着屋護が作るランチの前には、古株の名刑事も自白を拒む被疑者もイチコロ!? 人気作家が描く本邦初のグルメ警察ミステリー。

ハルキ文庫

矢崎存美の本

食堂つばめ

謎の女性ノエに導かれ、あるはずのない食堂車で、とびきり美味しい玉子サンドを食べるという奇妙な臨死体験をした柳井秀晴。自らの食い意地のおかげで命拾いした彼だったが、またあの玉子サンドを食べたい一心で、生と死の境目にある「街」に迷い込む。そして、料理上手だがどこかいわくありげなノエに食堂を開くことを提案して——。「食堂つばめ」が紡ぎ出す料理は一体どんな味!? 大人気「ぶたぶた」シリーズの著者が贈る、書き下ろし新シリーズ第一弾！

ハルキ文庫

山口恵以子の本

食堂のおばちゃん

焼き魚、チキン南蛮、トンカツ、コロッケ、おでん、オムライス、ポテトサラダ、中華風冷や奴……。佃にある「はじめ食堂」は、昼は定食屋、夜は居酒屋を兼ねており、姑の一子と嫁の二三が、仲良く店を切り盛りしている。心と身体と財布に優しい「はじめ食堂」でお腹一杯になれば、明日の元気がわいてくる。テレビ・雑誌などの各メディアで話題となり、続々重版した、元・食堂のおばちゃんが描く、人情食堂小説。著者によるレシピ付き。

ハルキ文庫

吉村喜彦の本

二子玉川物語

バー・リバーサイド2

二子玉川にある大人の隠れ家「バー・リバーサイド」。大きな窓からは夕映えやゆったり流れる多摩川が見える。シードル造りに励む女性、大阪生まれの江戸前寿司職人、電車の女性運転士など、マスターの川原とバーテンダーの琉平が温かくお客を迎える。アイラ・モルトの流氷ロック、キンキンに冷えたモヒート、サクランボのビール、燻製のチーズと穴子、ピンチョス、ジャーマンポテト……美酒美味があなたをお待ちしています。「海からの風」「星あかりのりんご」「空はさくら色」など五篇収録。